W0306291

COLLECTION

Cascade

ÉVELYNE
BRISOU-PELLEN

LE MYSTERE DE LA NUIT DES PIERRES

ILLUSTRATIONS DE
NATHAËLE VOGEL

RAGEOT - ÉDITEUR

A RONAN ET TANGUY

Couverture : MORGAN
ISBN 2-7002-1020-4
ISSN 1142-8252

Loi n° 49.956 du 16.7.1949 sur les publications destinées à la jeunesse.

PREMIÈRE PARTIE

LA FIN DE LA NUIT

NETRA

Netra regarda le soleil se coucher, puis se laissa tomber sur le billot de bois qui lui servait de banc. Doucement, il plia son corps trop maigre sur ses jambes, et laissa pendre ses bras. C'était sa façon de pleurer. Des larmes ? Il ne savait même pas que cela existait. L'enfant qui peut en verser a de la chance : il pleure pour être entendu, consolé. Jamais Netra n'avait connu personne qui le prenne dans ses bras, qui soigne ses blessures, et, n'ayant pas de consolateur, il n'exprimait pas sa détresse. Sans doute entrerait-il dans l'âge d'homme sans jamais avoir cessé d'être un enfant. Sa difformité le tenait éloigné de la vie.

Sa mère avait accouché de lui un soir d'hiver où la tempête faisait rage. Le vent se glissait avec des hurlements lugubres sous la porte, et le souffle glacial s'infiltrait par le moindre interstice. La bise semblait sourdre de chaque pierre du mur. La femme avait poussé un hurlement, puis s'était apaisée, et l'enfant était né tout doucement, sans aucune aide, dans ce froid pénétrant. La sage-femme n'avait pas été prévenue, le père était à la guerre. La mère coupa seule le cordon ombilical, et regarda l'enfant qui gisait sur le lit.

– Un garçon ! grommela-t-elle.

Elle retourna le bébé d'un geste brusque, et vit là, dans le dos, une courbure anormale.

– Un bossu ! cria-t-elle. Un bossu !

Elle se dressa sur son lit, les cheveux épars, rassembla

les forces qui lui restaient, prit l'enfant et alla le jeter sur la paille de l'étable. La vache fit un saut de côté, meugla longuement, puis pencha la tête sur le petit ; alors, la chienne s'approcha et, après avoir reniflé le nouveau-né, elle s'allongea contre lui et se mit à le lécher consciencieusement. Elle avait eu, la veille, des chiots que la femme avait noyés. Pas un n'en avait réchappé.

La nuit était noire. C'était le temps de Noël, en une année fort lointaine dont nul ne garde le souvenir.

En ces temps obscurs où chaque feuille dans un arbre, chaque oiseau dans le ciel, chaque souffle d'air était un signe du destin, on voyait les mulots errer dans les champs à la recherche d'un grain de blé égaré qu'ils ne trouvaient jamais, et les corbeaux planer sur les campagnes, attendant pour se nourrir que les mulots renoncent à leur vaine quête et se résolvent enfin à s'allonger pour mourir. La famine, en un mot, régnait dans le pays.

Netra ne souffrit pas de la faim. La chienne le nourrissait, lui tenait chaud, le protégeait : c'était son petit à elle. Il serait son fils et son maître. Il était le plus beau de tous, car elle l'aimait.

La femme ne s'occupait jamais de l'enfant, mais lorsqu'elle s'aperçut, au bout d'une semaine, qu'il vivait encore, elle lui jeta un morceau de couverture.

Quand le lait de la chienne se tarit, la vache donna le sien. Le petit commençait alors à devenir fort et tétait goulûment aux pis de son amie ; puis, dès qu'il put se traîner, il alla chaque jour jusqu'à l'auge des cochons pour se nourrir de leur pâtée.

Si, par malheur, la femme le rencontrait, elle l'écartait d'un coup de pied, et l'envoyait rouler dans la boue. L'enfant restait recroquevillé, ouvrant de grands yeux effarés, jusqu'à ce que la chienne accoure pour le lécher.

Quand l'enfant eut cinq ans, il ne parlait toujours pas et ne se déplaçait qu'à quatre pattes : personne ne lui avait jamais adressé la parole et, ignorant qu'il appartenait à l'espèce humaine, il n'avait jamais su qu'il pouvait marcher sur ses deux pieds.

C'est à ce moment que Boren entra dans sa vie.

C'était par un clair matin d'automne. Le soleil séchait les flaques d'eau de la cour. Assis sur le sentier qui menait à la maison, loin des regards de la femme, l'enfant jouait avec les cailloux.

Un homme arriva à grands pas. Le petit, qui n'avait jamais vu d'autres humains que sa mère, laissa tomber les cailloux qu'il tenait, et courut vers les buissons. Il se blottit dans le feuillage, indifférent aux épines qui écorchaient son corps tremblant, et appuya ses poings contre ses yeux terrorisés.

L'homme parut ne pas le voir. Il passa en sifflotant à deux pas de lui et, s'arrêtant à l'entrée de la ferme, cria d'une voix forte :

– Ho ! Il y a quelqu'un ?

La vache leva la tête, la chienne bondit en aboyant : la ferme était si isolée que ni l'une ni l'autre des deux bêtes ne se rappelaient y avoir vu un visiteur.

La chienne s'arrêta net à trois pas de l'homme, puis, penchant sa belle petite tête de côté, l'observa d'un air interrogatif.

– Ta patronne n'est pas là ? lui demanda l'homme en souriant.

La chienne s'approcha doucement, et renifla les bottes

du visiteur en remuant la queue. Cet étranger lui plaisait. Il portait sur lui l'odeur apaisante de la bonté.

– Ta maîtresse est absente ? continua l'homme en lui caressant la tête.

Il eut un geste de regret, sourit une fois encore à la chienne, et tourna les talons en esquissant un geste d'adieu.

C'est alors qu'il aperçut la petite silhouette nue et tremblante. Il détourna vite son regard, ralentit sa marche, puis, posant son sac à cinq pas de l'enfant, il s'assit lentement sur une pierre. Il resta là, sans faire un mouvement, un pâle sourire flottant sur ses lèvres.

La moitié d'une heure s'était écoulée, et l'homme ne bougeait toujours pas, évitant de croiser le regard effrayé de l'enfant. Peu à peu, les yeux du petit changeaient d'expression. Ils passaient de l'effroi à la crainte, puis à l'étonnement. Bientôt, l'étonnement fit place à la curiosité. L'homme glissa alors imperceptiblement vers le buisson. Son mouvement l'avait rapproché d'un pas. Il voyait mieux, maintenant, la petite boule qui se tapissait dans les épines, mais semblait n'y prêter aucune attention. Il ouvrit son sac et en retira un gros morceau de pain. Le geste, si lent qu'il fût, provoqua la terreur chez le petit être caché, qui serra de nouveau ses poings contre ses yeux. Le voyageur en profita pour se rapprocher d'un pas encore et, appuyant le dos contre un arbre, mordit dans son pain en regardant le ciel.

On n'entendait plus aucun bruit. L'enfant desserra légèrement ses poings ; tous ses muscles étaient tendus, et ses mains tremblaient. La vue de l'homme qui mangeait sembla le calmer : il connaissait la nourriture, ce bien apaisant d'où il tirait le plus grand réconfort de sa vie.

Ses yeux se firent pleins de compréhension pour l'homme qui mangeait, et d'envie pour sa nourriture.

– Bonjour ! dit alors le visiteur.

L'enfant eut un mouvement de repli ; mais l'homme souriait doucement, et son visage était éclairé de bonté. Le buisson recommença de bouger imperceptiblement, et une petite main souleva une branche. Le regard curieux se glissait entre les feuilles.

– Comment t'appelles-tu, mon petit ? continua la voix grave mais chaude.

Le petit regardait toujours sans répondre.

– Tu ne dis rien ? demanda l'homme. Netra[1] ? continua-t-il en breton.

L'enfant ne sembla pas comprendre davantage. C'était la première fois qu'on lui adressait la parole. Le dernier mot sembla lui plaire. Il répéta d'une voix sourde :

– Netra.

– A la bonne heure, dit l'homme, tu parles ! Est-ce que la seule chose que tu saches dire est « netra » ?

– Netra, répéta l'enfant avec plus de confiance.

Il sortit la tête du buisson, puis, lentement, rampa hors de sa cachette. Il sourit, comme il avait vu faire à l'homme. Il ignorait ce que signifiait cette expression du visage, mais il sentait qu'elle était réconfortante, qu'elle reflétait un sentiment approchant de l'amitié qu'il lisait dans les yeux de la chienne.

Il resta accroupi à deux pas de l'étranger qui lui tendait un morceau de son pain.

– Tiens ! Prends !... Me diras-tu comment tu t'appelles ?

– Netra, fit le petit en attrapant vivement le pain.

– Je vois, dit pensivement l'homme avec un hoche-

(1) Rien.

ment de tête, tu as été frustré de ta part d'affection. Tu n'as pas tort, tu n'es rien, « Netra » te va bien.

L'enfant souriait sans comprendre.

– Netra, prononça le voyageur en tendant son doigt vers le petit.

Puis, se désignant lui-même, il ajouta : « Boren. »

– Boren, répéta le petit en hochant la tête.

L'homme caressa les cheveux emmêlés de l'enfant, puis sortit de son sac une veste de laine et la lui enfila.

Le petit flottait dans le vêtement, mais son visage était éclairé de bonheur.

– C'est pour te protéger du froid, dit l'homme. Je dois partir, Netra, mais je reviendrai. Tu m'attendras, n'est-ce pas ? Il faut m'attendre... attendre...

– Attendre, fit l'enfant en essayant de comprendre.

Assis au milieu du sentier, il regarda partir le premier humain qui lui ait parlé. Il souriait d'un air rêveur.

L'homme se retourna pour lui faire un signe d'adieu, mais le petit s'était remis à jouer avec les cailloux.

L'homme revint trois jours plus tard. L'enfant cueillait des mûres dans les buissons de ronces. Le bruit de pas lui fit lever la tête, et tout de suite il reconnut la haute stature de Boren. Son visage se crispa, avant de prendre une expression affolée. Il se jeta dans les ronces, et resta immobile.

Boren approchait d'un pas égal et rassurant. Le petit mordait nerveusement son poing, mais il ne perdait pas un seul des mouvements du visiteur. Boren ralentit son pas, s'arrêta, puis, posément, s'assit à l'endroit où il avait pour la première fois lié connaissance avec l'enfant.

– Netra ! appela-t-il doucement.

Le petit mordit son poing de plus belle.

– Netra, viens !

Pas un mouvement dans le buisson. Alors, l'homme, d'une voix douce et calme, se mit à parler, et sa voix tranquille faisait un ronronnement apaisant aux oreilles du petit :

– Viens, Netra, tu sais que je suis ton ami... C'est important un ami. Il faut que tu viennes à moi, sans cela comment saurai-je que tu es d'accord, d'accord pour accepter de me regarder, d'accord pour manger mon pain, d'accord pour me sourire... et peut-être pour me donner la main...

Il continua longtemps. Le petit écoutait, bouche bée, n'osant bouger, de peur d'interrompre ce long murmure. Alors, l'homme se tut, laissant un grand vide, peuplé aussitôt par les chants d'oiseaux, puis il tendit la main.

Netra répondit à cet appel muet en se glissant jusqu'à lui.

Il souriait jusqu'au fond des yeux.

Il lui prit la main et l'entraîna vers le buisson, puis, mystérieusement, il écarta une branche et découvrit aux yeux du visiteur la veste de laine, soigneusement étalée sur un lit de feuilles.

L'homme sourit, mais une lueur de tristesse était passée dans ses yeux. Il regarda le petit, accroupi auprès de lui, et s'accroupit à son tour. Puis, se relevant avec lenteur, il dit :

– Regarde, Netra !

L'enfant ne comprit pas. Boren plia de nouveau les jambes, se redressa et recommença son mouvement plusieurs fois.

Le petit semblait maintenant trouver la chose amusante. L'homme lui prit alors la main, et, le tirant avec douceur et fermeté, l'obligea à l'imiter.

L'enfant était debout.

– C'est très bien, dit l'homme en lui caressant la joue.

Netra était ravi. Il ouvrit la bouche, mais aucun son n'en sortit. Il demeura pétrifié par une voix dure qui s'élevait du côté de la ferme :

– Qu'est-ce que vous lui voulez, à c't avorton ?

L'homme tourna la tête. La femme se tenait debout devant la porte, les manches retroussées sur les avant-bras, les poings sur les hanches. Une mèche pendait de son chignon et tressautait à chaque phrase :

– Pourquoi est-ce que vous lui parlez ?

L'homme ne répondit pas. Il s'approcha calmement de la femme et dit :

– C'est vous que je venais voir. J'ai envers vous une délicate mission à remplir. Je reviens de la guerre. J'y ai connu votre mari...

– Ah ! fit la femme. Et alors ?

– Alors... Nous étions engagés dans une dure bataille...

– Nom d'un chien ! cria la femme. Si c'est pour me dire qu'il est mort, dites-le !

– Dans ce cas..., c'est dit... Votre époux était un brave homme, et...

– Un brave homme ! interrompit la femme en haussant les épaules.

Et elle cracha par terre à deux pas du visiteur.

Boren n'ajouta rien. Il redressa la tête, ce qui le fit paraître plus grand encore, puis tourna les talons. Toutefois, avant de passer le portail, il se retourna et lança :

– Adieu, madame !

Il chercha des yeux le petit, mais ne vit rien : l'enfant s'était volatilisé.

BOREN

Netra regarda le soleil se coucher, puis se laissa tomber sur le billot de bois qui lui servait de banc. Doucement, il plia son corps trop maigre sur ses jambes et laissa pendre ses bras. Il venait de perdre sa chienne, son amie, la mère de son cœur.

Il allait alors sur ses dix ans, bien qu'il n'en sache rien. C'était un enfant chétif et maigre, ce qui faisait d'autant plus ressortir sa bosse. Il était vêtu de la veste de laine que, cinq ans auparavant, lui avait donné un homme, un homme qui lui avait adressé la parole. De cela, l'enfant gardait un souvenir vivant, revécu chaque jour. L'homme lui avait pris la main et l'avait engagé à se redresser. Maintenant, l'enfant marchait...

Netra avait le front haut et les cheveux clairs. Ses yeux brillaient de l'éclat de l'enfance, et, si on y lisait la marque de la solitude, ce n'était pas cette lueur furtive qu'on voit aux yeux des déshérités. L'amour de la chienne l'avait protégé de la souffrance et du désespoir.

Il ne connaissait guère la méchanceté, car sa mère, en le délaissant, lui avait finalement rendu service. Il ne s'en approchait pas, et s'était habitué à la rayer mentalement de son monde. Il ignorait d'ailleurs qu'elle fut sa mère, et ne s'était jamais posé de question sur son origine. Il se croyait là de toute éternité, avec la vache, la femme et la chienne.

La mort de cette dernière le laissait stupéfait, désemparé, totalement impuissant à réagir. Lui dont le sort était depuis toujours lié à cette ferme, à sa chienne, lui qui ne se doutait pas que la vie avait un début et une fin, comment aurait-il pu remarquer qu'au fil des années, il avait changé ? Personne ne s'était jamais donné la peine de le mesurer, de lui rallonger un vêtement, personne... personne... personne...

Et voilà que la chienne ne bougeait plus, comme les poules saignées par la femme. Etait-il possible que la chienne ait un point commun avec les poules ? Netra l'avait secouée, lui avait « parlé », avait caressé sa belle petite tête, puis il s'était senti envahir par le froid ; une boule lui bloquait la gorge. Il comprit confusément que quelque chose s'était brisé. Une partie de sa vie finissait.

– Netra !

L'enfant redressa la tête, écarquilla ses grands yeux noirs : Boren était à la barrière. C'était bien Boren, son vaste chapeau et ses grandes bottes.

Il approcha de son long pas égal et s'arrêta devant Netra.

Il mit un genou en terre, caressa doucement le flanc de la chienne, puis, sans rien dire, il la souleva dans ses bras et fit signe à Netra de prendre une pelle et de le suivre.

L'un derrière l'autre, ils quittèrent la cour de la ferme. Le petit était fasciné. Il n'esquissa pas un geste d'étonnement ni d'opposition. Il suivit Boren.

L'homme creusa un trou sur le côté du chemin et fit comprendre à Netra qu'il devait y déposer la chienne. Alors, l'enfant serra son amie longuement dans ses bras avant de se résoudre à la coucher dans la petite tombe. Le désespoir se lisait sur son visage, mais il prit la pelle que lui tendait Boren et, lentement, déposa sur la chienne de maladroites pelletées de terre.

Quand l'animal fut entièrement caché, Boren reprit la pelle et finit de boucher le trou. Le petit était tombé à genoux. L'homme, debout à ses côtés, restait sans rien dire, attendant que le moment fût venu. Enfin, il posa sa main sur l'épaule de l'enfant et dit :

– Viens, mon petit, il faut partir maintenant.

Il lui prit la main, et l'enfant se leva.

Au même moment, un pas lourd fit crisser le gravier du sentier, et la femme apparut, un panier au bras.

– Vous v'là encore ! dit-elle d'un ton sévère.

L'enfant s'était caché derrière Boren.

– Qu'est-ce que vous lui voulez, enfin, à c'te larve ?

– Cet enfant est charmant...

– Charmant ! s'esclaffa la femme avec un rire grinçant.

Et elle cracha par terre.

– Je vais l'emmener, continua Boren. Il va venir avec moi.

– Tiens don' ! Avec vous ! Non mais des fois... Ça volerait les enfants des autres ! Vous savez, dites donc, vous savez qu'il est à moi, ce morveux ? Vous croyez que j'vais laisser n'importe qui me prendre mon p'tiot..., mon enfant ?

– C'est bon ! C'est bon ! grogna l'homme.

Il tira de sa bourse deux pièces d'or et les tendit à la femme, qui ne perdait pas un seul de ses mouvements. Elle cacha vivement les pièces dans son tablier et continua d'un ton geignard :

– C'est que j'suis sa mère, moi, à ce petit... et une mère, quand même, ça aime son enfant. Il va me manquer... non, vraiment, j'peux pas l'laisser partir...

Boren sortit cinq autres pièces d'or, les laissa tomber à terre, prit l'enfant par la main, et partit d'un bon pas, sans se retourner, sans un mot pour la femme qui, à genoux par terre, ramassait fébrilement les pièces.

Toute sa vie, Netra conservera le souvenir de son premier voyage avec Boren. Ils avaient marché des jours et des jours, ne s'arrêtant que pour manger un frugal repas sur le bord de la route. Quand l'enfant était fatigué, Boren le hissait sur ses épaules, et il somnolait, la tête posée sur celle de l'homme, au rythme de son pas. Il lui semblait que Boren ne dormait jamais. Ils allaient par les collines et les montagnes, gravissaient des pentes, et redescendaient dans des vallées, traversaient des plaines, passaient des rivières à gué.

L'homme parlait peu, marchait à grands pas, et s'arrêtait souvent pour scruter l'horizon. Alors, un pli ridait son front, et ses yeux devenaient soucieux.

Parfois, il parlait au petit, lui enseignait quelques mots, lui montrait un oiseau, mais il riait peu. Bien qu'il se forçât parfois à sourire, il ne trompait pas Netra qui le sentait préoccupé.

Enfin, un matin, ils arrivèrent au pied d'une très haute montagne. Boren posa l'enfant par terre à l'entrée d'une grotte qui s'ouvrait dans la paroi, et y pénétra en faisant signe à Netra de le suivre.

La grotte était peu profonde, mais, curieusement, elle était aménagée. De petites cavités étaient creusées dans le roc, et chacune renfermait des victuailles ou des vêtements. Par terre étaient entassées de nombreuses peaux d'ours, de tailles différentes, mais toutes de couleurs identiques : à la lueur pâle du soleil levant, elles semblaient d'un brun clair, mais Netra s'aperçut plus tard dans la journée qu'elles étaient de couleur changeante, passant, selon le sens où on les regardait, par tous les tons de feuilles mortes. Elles étaient douces et chaudes.

Après le repas, les deux compagnons s'allongèrent dessus. Ils dormirent tout le jour.

Depuis ce moment, ils ne voyagèrent plus que de nuit. Ils avaient emporté deux grands manteaux sombres que Boren avait pris dans la grotte. Ils commencèrent à gravir les pentes de la montagne. Nuit après nuit, le froid se faisait plus vif. Le petit était exténué, mais ne souffrait pas trop de la rigueur du climat. Il avait été habitué à vivre nu par tous les temps. Maintenant qu'il était habillé, il ne ressentait guère cette froidure.

Ils ne tardèrent pas à rencontrer la neige. Elle les surprit en pleine ascension, vers le milieu de la nuit. Elle tombait si dru qu'ils avaient peine à avancer. Enfin, Boren renonça à continuer et ils attendirent le jour, accroupis sur une fragile corniche.

Au lever du soleil, les nuages avaient disparu. Boren fit un rempart de neige tassée sur l'extrême bord de la corniche. Netra se sentit rassuré par cette muraille : il n'était pas habitué à la montagne, et le profond ravin, qui s'ouvrait sous leurs pieds lui donnait des frissons. Avec le mur de neige, il avait beau savoir que le ravin était toujours là, il n'avait plus peur. Ce qu'il ignorait alors, c'était que ce rempart n'était pas destiné à les protéger du vertige, mais à les protéger des regards. Leur cape noire était trop visible sur cette neige immaculée.

Ils repartirent à la nuit noire, le petit suivant toujours l'homme.

Leurs pas étaient prudents dans la neige glacée. La lune était à son premier quartier, et éclairait faiblement la montagne. Le froid devenait de plus en plus pénétrant. Le petit serrait sa cape contre lui.

Dans la journée, pas un rayon de soleil ne venait réchauffer leurs pauvres corps transis. L'homme et l'enfant se blottissaient l'un contre l'autre pour avoir plus chaud, et essayaient de dormir, à l'abri d'un mur de neige ou dans une petite cavité.

Boren semblait bien connaître la montagne. Il allait droit aux grottes et ne cherchait jamais son chemin. Mais, le jour, il dormait peu, guettant les bruits, restant de longues heures, les yeux grands ouverts, à écouter.

Le silence était total. Parfois, un aigle planait au-dessus d'eux. Depuis longtemps, ils n'avaient plus aperçu de chamois ; ils étaient sans doute arrivés trop haut dans la montagne. Une nuit, ils ne partirent pas. La lune était pleine et se reflétait sur la neige comme sur un miroir. Boren avait humé l'air du soir, scruté le ciel, et, s'asseyant près du petit, lui avait posé la main sur le genou :

– On ne s'en va pas ce soir, avait-il dit. Il y a trop de lune !

Trois grands jours, ils restèrent là, sur une corniche heureusement assez large. De temps en temps, ils se levaient et sautaient sur place, pour empêcher le froid de les pétrifier, mais ils prenaient toujours grand soin de rester cachés derrière le mur de neige qu'ils avaient monté. Ils apercevaient au-dessus d'eux le sommet tout blanc de la montagne, qui se découpait sur le ciel clair. Le petit ne se posait pas de questions. Il avait pris son parti de la situation. La vie avec Boren se résumait à ceci : il fallait marcher la nuit, en écoutant tous les bruits, construire un mur de neige aux premières lueurs du jour, et faire en sorte de ne pas mourir de froid.

Enfin, ils repartirent. Les nuages avaient obscurci le ciel et voilé la lune.

– Allons, dit Boren, ce sera la dernière nuit.

Il s'attacha une corde autour de la taille et noua l'autre bout à la taille du petit.

Ce fut la nuit la plus pénible. L'obscurité rendait la

progression difficile. Le froid était insupportable. Vingt fois, Netra glissa et se releva. Boren ne le porta pas : il était sans doute trop occupé à essayer de rester lui-même debout et de trouver son chemin.

Ils étaient au sommet de la montagne, sur des glaciers sans fin qui obligeaient à assurer chaque pas. Le petit avait les jambes raides et ses pieds lui semblaient morts. Des larmes coulaient sur ses joues sans qu'il en prenne conscience. Il s'essuya le visage d'un geste machinal lorsqu'il sentit que les gouttes gelaient sur sa peau.

Vers la fin de la nuit, ils pénétrèrent dans un épais brouillard. L'humidité acheva de leur glacer le corps. Ils avançaient en silence, se laissant guider par leur pas machinal. Le petit, les yeux mi-clos, semblait n'être plus conscient.

Le brouillard s'épaississait. Perdu dans le temps, Netra avait l'impression d'être en train de dormir dans une rivière gelée, et puis, tout à coup, le soleil le réchauffait, et il nageait dans une eau douce et claire.

– Netra ! dit Boren en le secouant par le bras. Netra ! Ouvre les yeux ! Tu dors debout, mon petit !

L'enfant sursauta. Etait-ce encore son rêve ? Il faisait soleil, l'air était doux et embaumait. Plus de neige, plus de brouillard, plus de montagne à l'horizon.

Netra se retourna : à deux pas derrière lui, le brouillard formait un mur. L'enfant tendit sa main vers lui, et la retira aussitôt, tant la sensation de froid fut violente.

Il regarda autour de lui : ils étaient dans une sorte de petite vallée, tout au sommet de la montagne. A leurs pieds, une source jaillissait entre deux pierres, et donnait naissance à un ruisseau qui serpentait, arrosant de vertes prairies, pour se perdre enfin de l'autre côté de la vallée. Une douce brise soufflait, jouant dans les feuillages qui murmuraient ; et là, au milieu des arbres, Netra aperçut une petite maison de pierre.

Boren lui prit la main. Pour la première fois depuis leur départ, il semblait gai, détendu.

– Nous sommes arrivés ! dit-il.

Il souleva l'enfant dans ses bras, et tourna avec lui en riant :

– Nous sommes arrivés ! Nous sommes arrivés !

Puis il s'arrêta et posa l'enfant à terre. Netra remarqua alors un vieillard, grand et mince, le visage à demi caché par une barbe et des cheveux blancs, et vêtu d'une longue robe grise.

Boren courut vers lui :

– Maître ! Maître ! Grâce au ciel, je vous retrouve en vie !

Il serra le vieillard dans ses bras.

Netra ne bougeait pas. Il demeurait cloué sur place par l'étonnement, et ne savait que faire. Alors, le vieillard tendit une main vers lui et dit :

– Viens, petit ! Comment t'appelles-tu ?

Boren intervint :

– A vrai dire, il n'a pas de nom. Je l'ai appelé Netra.

– Netra..., fit le vieillard, songeur. Je crois que tu as eu tort. Aucun être ne mérite le nom de « Rien »... Chacun est important sur la terre.

– Vous dites vrai, Maître, répondit Boren en baissant la tête, mais c'est le premier mot qu'il a prononcé... et il correspondait si bien à sa situation.

– Allons, Boren, continua le vieillard en souriant, ce n'est pas grave, d'ailleurs peut-être est-ce toi qui as raison. Considérons que ce n'est qu'un nom provisoire. Ce sera à lui de s'en trouver un autre quand il le voudra. En attendant, si ce nom lui plaît, laissons-le lui. Il est inutile de le brusquer : c'est encore un petit animal sauvage. Il commence à peine à sortir de sa nuit.

LE SECRET

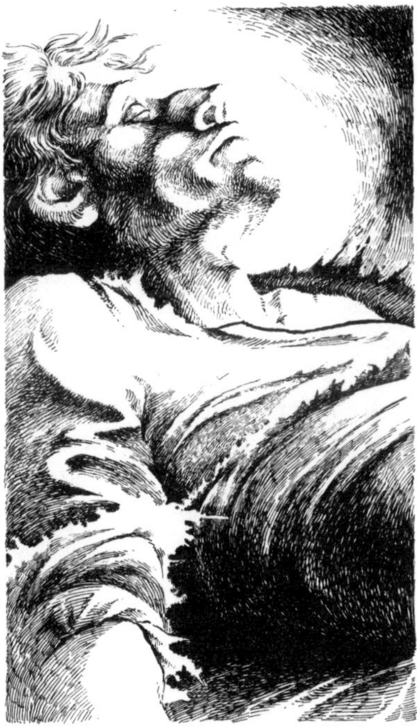

Les années passèrent.

Dans ce petit paradis, le temps coulait doucement, et l'esprit de Netra s'ouvrait peu à peu au monde. Il apprit à parler, puis à lire et à compter, mais aussi à reconnaître feuilles et champignons, à déchiffrer les signes du ciel, à saisir le message des cris d'oiseaux, à humer l'air...

Le maître était bon et compréhensif, l'élève avide de savoir ; ils se portaient mutuellement une grande affection.

Boren, lui, ne demeurait jamais longtemps dans la vallée. Il venait parfois, et restait alors durant de longues heures en conciliabule avec le vieillard, Neposus. Netra n'était pas autorisé à assister à ces conversations.

– Pourquoi, demanda-t-il un jour à Neposus, pourquoi m'envoies-tu toujours dehors lorsque Boren revient de voyage ?

– Mon petit, lui répondit le vieillard, je ne peux pas encore t'expliquer. Tu es trop jeune, et tu ne connais pas le monde. Quand tu auras seize ans, je te dirai...

Comme personne ne connaissait l'âge réel de Netra, Neposus avait décrété le jour de son arrivée qu'il devait avoir dix ans, et qu'on fêterait son anniversaire chaque année ce jour-là.

Netra avait grande hâte d'arriver à sa seizième année. Cela lui paraissait un âge idyllique où l'on est autorisé à partager les secrets des grandes personnes.

Il aurait bien voulu savoir, par exemple, ce que Neposus faisait dans la petite pièce creusée dans le flanc de la montagne. Le vieillard s'y enfermait après le repas du soir, et y restait de longues heures. Bien après la tombée de la nuit, il veillait à la lueur des chandelles.

Et Boren ? Pourquoi partait-il si souvent ? Il revenait, harassé et soucieux, et semblait un peu plus découragé à chacun de ses retours.

Il s'enfermait avec Neposus dans la petite pièce de la montagne que Netra appelait « l'Antre », et l'enfant attendait au bord du ruisseau que l'entretien fût terminé.

Que pouvaient bien se dire les deux hommes ? Netra avait beau se creuser la tête, il n'arrivait pas à imaginer un seul mystère qui valût d'être caché à un enfant.

Netra n'attendit pas d'avoir seize ans pour connaître le secret, et il regretta bien son impatience. Lorsqu'il sut de quoi il s'agissait, il se mordit les doigts de l'avoir appris, mais il était trop tard.

C'était un matin. Le soleil venait de se lever sur la petite vallée, lorsque Boren apparut. Il avait dû voyager, comme à son habitude, durant des nuits et des nuits, mais cette fois, Netra resta stupéfait en le voyant arriver : l'homme avait les vêtements en lambeaux et donnait à chaque pas l'impression qu'il allait tomber.

– Neposus ! cria l'enfant. Viens vite !

Le vieillard sortit rapidement. Il savait l'enfant peu expansif, et un tel cri n'annonçait rien de bon.

Boren fit quelques pas hors du brouillard, tituba et tomba à terre. Neposus et Netra se précipitèrent. L'homme était brûlant et couvert de plaies. A grand-peine, on le transporta jusqu'à la maison.

Neposus prépara des infusions de plantes, et nettoya soigneusement toutes les blessures. Boren était toujours évanoui. Netra allait et venait en se tordant les mains de douleur. Il aimait beaucoup Boren. Le voir dans cet état lui était insupportable et, confusément, cela réveillait en lui le souvenir douloureux de la mort de sa chienne.

Neposus semblait extrêmement inquiet. Tout en soignant Boren, il murmurait à mi-voix des mots étranges dans une langue que Netra ne connaissait pas. Il semblait se parler à lui-même.

Quand il eut lavé les plaies, il se saisit d'une paire de pinces longues et fines et retira des blessures de petites perles ovales que Netra n'avait jamais vues.

L'enfant s'approcha de Neposus et lui jeta un regard suppliant.

– Non, dit le vieillard d'une voix sourde. Ne reste pas là.

Mais l'enfant s'entêtait, et son désespoir remua le cœur de Neposus :

– Je ne peux rien te dire, mon petit, mais c'est très grave. Je ne sais si je pourrai le sauver. Il a reçu des spers. Certaines n'ont pas eu le temps d'éclater, et je les ai retirées... mais les autres...

Les plaies étaient affreuses à voir. Elles suppuraient et il s'en écoulait un liquide noirâtre.

Le vieil homme s'assit sur un tabouret et prit sa tête entre ses mains. Il resta un long moment immobile, puis se leva et disparut dans l'Antre, pour revenir quelques instants plus tard, un gros livre à la main.

– Petit, dit-il, il faut que tu ailles me chercher quelques plantes. Le veux-tu ?

Netra acquiesça vivement, et le vieillard continua :

– Retiens bien ! Je ne peux pas te l'écrire, c'est trop dangereux.

Puis, comme pour lui, il ajouta :

– ... On écrit trop... Écoute bien, petit, il me faut : de l'aspelle, des fleurs de nicius, de la sauviette, de la phatangère, des raisins d'istrain et une grosse racine de visèbre.

L'enfant écoutait en plissant les yeux. Il connaissait parfaitement toutes les plantes, mais il faudrait n'en oublier aucune.

Il descendit dans la petite vallée en courant, entra dans le bois, sauta le ruisseau tout en se répétant mentalement le nom des plantes.

Il faisait grand soleil, comme toujours dans la petite vallée du bout du monde, et la brise était douce, mais l'enfant ne remarquait rien. Il courut droit au brouillard et le longea ensuite sur la droite, en prenant bien soin de ne jamais pénétrer dans cette masse opaque qui fermait la vallée de toute part, la protégeant du monde de glace qui régnait de l'autre côté.

C'est à la limite du brouillard que poussait l'istrain aux raisins si merveilleusement dorés. Netra en cueillit une belle grappe, avant de dévaler la pente jusqu'au ruisseau. Il entra dans l'eau en prenant bien garde de ne pas faire de remous, puis avança prudemment, sans cesser de scruter le fond.

L'onde était si limpide qu'il n'eut aucun mal à apercevoir les tiges de nicius qui poussaient entre les cailloux. Il en arracha une branche, sortit de l'eau et s'assit au bord du ruisseau. Il commença alors à déplier les petites feuilles de nicius pour recueillir les fleurs qui y étaient enfermées. Ce fut un long travail de patience, parce que la fleur est petite et qu'il ne faut pas en abîmer un seul pétale si l'on veut s'en servir en infusion.

Pour l'aspelle et la sauviette, c'était simple : il en poussait partout. La phatangère et la racine de visèbre lui donnèrent un peu plus de mal, car la petitesse des plantes impose au chercheur une véritable étude du sol. Enfin, Netra regagna la maison et confia sa cueillette au vieil homme, qui s'activait autour d'une marmite ventrue où il faisait chauffer un liquide brunâtre.

Tout l'après-midi, Neposus prodigua ses soins au blessé. Il lui fit boire des infusions et lava ses plaies avant de les couvrir de feuilles humides qu'il renouvela ensuite fréquemment.

Boren n'avait pas ouvert les yeux.

Vers le soir, Netra alluma un grand feu dans la cheminée et s'assit à la chaleur des flammes. Il commença la lecture d'un gros volume écrit par Neposus sur les mœurs des ours, mais son esprit était absent des mots qu'il parcourait, et, dix fois, il relisait la même phrase sans s'en rendre compte. Souvent, il levait les yeux sur le malade qui ne bougeait toujours pas.

La nuit était tombée, maintenant. Seul, le feu éclairait la pièce. Soudain s'éleva la voix affaiblie de Boren :

– Maître ! Maître !... Ils ne m'ont pas suivi... Ils ne m'ont pas suivi...

– C'est bien, répondit Neposus , mais ton état de santé m'inquiète.

– Des spers ? interrogea Boren faiblement.

– Des spers. J'ai fait tout ce qui était en mon pouvoir..., mais mon pouvoir n'est pas très grand...

Il y eut un lourd silence.

– ... à moins que...

– Non ! cria presque Boren. Ne faites pas ça ! J'aime mieux mourir !

Dans son coin, Netra ne perdait pas un mot de la conversation. Les deux hommes avaient oublié sa présence.

Un silence s'était établi. Puis Boren reprit :

– Si ce sont des spers, je ne vais plus pouvoir... Ils me verront !

– Ici, tu ne crains rien. Le brouillard ne se laissera pas percer.

– Ici, oui, mais je ne pourrai pas y retourner !

Neposus regarda ses pieds sans rien dire, puis, d'un ton décidé, il dit :

– J'irai donc !

– Non ! protesta Boren. Vous ne pouvez pas...

Sa voix se brisa et sa tête retomba lourdement sur le lit. Il haletait :

– Non..., non...

– Calme-toi, reprit Neposus d'une voix paisible. Guéris d'abord, nous aviserons ensuite.

La nuit suivante, Netra ne dormit pas beaucoup. Il se tournait et se retournait dans son lit sans trouver le sommeil. Il se remémorait une à une les phrases échangées par ses amis, sans parvenir à y donner un sens plausible. Qui avait attaqué Boren ? Pourquoi avait-il peur du pouvoir de Neposus ? Où ne pourrait-il plus aller ?

Ces questions revenaient sans cesse dans la tête de l'enfant, et le tinrent éveillé jusqu'au matin. Il n'osait pas interroger Neposus, et Boren était hors d'état de répondre.

Le blessé dormit deux jours complets. Netra dut retourner à la cueillette des plantes. Neposus en pilait certaines pour faire des cataplasmes, les autres servant à préparer des infusions. Le vieillard était préoccupé, impatient, distrait, mais jamais cependant il n'oubliait de refermer soigneusement la porte de l'Antre. Pas une seule fois, l'enfant ne parvint à apercevoir quoi que ce fût.

Pourtant, il sentait que la clé de ces énigmes se trouvait dans la mystérieuse pièce.

Les jours passèrent, et les nuits, et l'état de Boren ne s'améliorait pas. Le vieillard était épuisé par ses longues veilles. Il dut se résoudre à demander à Netra de le relayer au moins une nuit, pour qu'il puisse dormir un peu.

Tant de joie brilla dans le regard de l'enfant que le vieil homme sourit :

– Peut-être aurais-je dû te le demander plus tôt..., mais tu es bien jeune...

– J'ai plus de douze ans, je suis presque un homme !

Neposus lui caressa la tête en souriant, et murmura :

– Il est vrai que tu n'es pas un enfant comme les autres...

Cette nuit-là, Netra veilla Boren. Il le faisait boire et changeait ses pansements. Il avait été convenu qu'il devait réveiller Neposus s'il se produisait quelque chose d'anormal.

Netra s'était installé près du feu, selon sa vieille habitude, et il taillait un petit bateau dans de l'écorce de chêne-liège, quand, tout à coup, Boren bougea. L'enfant s'approcha vite, mais le blessé n'était pas réveillé. Il s'agitait dans son sommeil et murmurait des mots sans suite :

– Plus... non... Antaerus... non... Antaerus...

Ce dernier mot revenait souvent dans le délire de Boren. Ce n'était pas la première fois que l'enfant l'entendait prononcer. Il semblait avoir une grande importance.

Qui était donc Antaerus ? Peut-être le nom de l'agresseur de Boren... A moins que ce ne soit une ville...

Soudain, le blessé poussa un grand cri. Netra alluma

une chandelle et la leva au-dessus de l'homme en posant la main sur son front brûlant. Alors il s'aperçut que les pansements étaient trempés. Il hurla presque :

– Neposus ! Neposus !

Il y avait tant d'angoisse dans sa voix que le vieillard bondit sur ses pieds, les yeux pleins d'effroi :

– Que se passe-t-il ?

– Les plaies... les plaies coulent !

Le vieil homme se pencha sur le blessé, toucha les compresses. Le liquide qui les détrempait tombait maintenant, goutte à goutte, sur le sol. Il faisait trop sombre pour qu'on pût en discerner la couleur.

Le premier moment de frayeur passé, Neposus avait retrouvé tout son calme. Il ôta les pansements et examina les plaies à la lueur de la chandelle.

– C'est bien ce que je pensais, dit-il.

Toute fatigue avait disparu de son regard ; il semblait profondément soulagé. Il prit la main de l'enfant qui le regardait, stupéfait du changement qui s'était opéré en lui :

– C'est fini... il saigne..., cela signifie qu'il a réussi à rejeter tout le poison. Dans quelques minutes, le sang s'arrêtera... alors les plaies pourront guérir.

De ce jour, l'état de Boren s'améliora très nettement. Les mystérieux conciliabules reprirent, au grand désespoir de Netra qui aurait bien aimé être dans le secret. Il restait profondément troublé par le refus de Boren de laisser Neposus utiliser son pouvoir. Quel pouvoir ?... Et puis, Neposus était un homme bon, il ne pouvait provoquer de mauvaises choses !

Un jour d'automne, alors qu'il lisait au grenier, Netra fut témoin d'un étrange dialogue. Les deux hommes croyaient sans doute l'enfant au bord du ruisseau, et celui-ci ne fit rien pour les détromper.

Tout d'abord, il entendit la voix assourdie de Boren qui disait :

– Mais si vous y allez, c'est pire encore ! Cela fait deux cibles ! S'ils ratent l'une, ils auront l'autre !

– Que faire, alors ? Il ne reste que trois mois avant la Noël !

– Ce ne sera peut-être pas pour cette fois-ci !

– Cela, nul ne le sait, et nous ne pouvons pas risquer... Es-tu sûr de n'avoir pas été suivi ?

– Certain ! répliqua Boren avec force. J'ai couru à perdre haleine avant que les spers n'éclatent... Et puis je n'ai voyagé que de nuit.

– Et du côté de Falcosi ?

– Rien..., rien depuis mon précédent voyage. Vous vous rappelez ma dernière rencontre avec les korrigans : ils estimaient que Falcosi était sur une piste. Il travaillait jour et nuit. Je suis donc allé voir Soriat, mais il n'est au courant de rien. Il ne s'intéresse qu'à ses fleurs. Toutefois, il serait votre allié au cas où les choses tourneraient mal.

– Il faut y aller ! Il le faut ! reprit Neposus. Toi, tu ne peux pas...

– Mais vous non plus, Maître, et peut-être encore moins que moi !

Un profond découragement se peignit sur le visage de Neposus.

– Et moi, dit timidement Netra assis en haut de l'escalier, je pourrais peut-être « y » aller ?

Les deux hommes sursautèrent. Neposus fronça les sourcils :

– Je te croyais au bord du ruisseau !

– Ne le grondez pas, Maître, intervint Boren. Il n'a rien fait de mal... et puis, ce serait une solution !

– Tu n'y penses pas ! Envoyer cet enfant !
– Préférez-vous que personne n'y soit ?
– Non, bien sûr, non !... Mais je ne puis l'envoyer...
– Faut-il être fort pour « y » aller ? intervint Netra d'un ton hésitant.

Les deux hommes se regardèrent :

– Non, admit Boren. Non, la force ne sert malheureusement pas à grand-chose... Il faut plutôt savoir écouter, réfléchir...

L'enfant sourit finement :

– Je crois, Neposus, que c'est le moment de voir si j'ai retenu tout ce que tu m'as appris. A moins que tu ne doutes de ton propre enseignement !

– Il ne s'agit pas de cela, bougonna le vieillard. J'aurais préféré que tu n'entendes pas ! Maintenant, je ne sais plus que faire.

Boren se racla la gorge, mais il ne dit rien. Netra se tut aussi, sentant qu'il valait mieux attendre que l'idée fasse son chemin dans l'esprit du vieil homme.

Un long silence s'établit. Puis Neposus se leva en déclarant :

– Nous en reparlerons ce soir.

Le repas du soir fut morne et long. Netra bouillait d'impatience de connaître la décision du vieillard, mais il n'en montrait rien. Il n'avait pas l'habitude d'interroger : dix ans de silence l'avaient habitué à n'ouvrir la bouche que dans des circonstances importantes, mais, sans qu'il s'en rende compte, le mouvement de ses yeux, le frottement de ses pieds sous la table, l'agitation de tout son corps trahissaient son énervement. Il souhaitait de toutes ses forces que Neposus l'autorise à lui rendre service, et en même temps, il tremblait devant un mystère qui paraissait si effrayant.

La soirée s'étirait, et Neposus ne parlait toujours pas. Boren lui lançait des regards furtifs, et Netra le surprit plusieurs fois, les yeux perdus dans le vague, une expression d'une extrême gravité sur le visage.

Enfin, quand ils furent réunis tous trois devant le feu de la cheminée pour finir la soirée, Neposus commença calmement, comme si ses paroles faisaient suite à une conversation qui venait d'avoir lieu :

– Mon petit, tu ne peux proposer de partir sans savoir de quoi il s'agit. Tu ne prendras ta décision que demain, après que tu auras entendu ce que j'ai à te dire. Il faut que cela mûrisse d'abord en toi. Je t'avais promis de t'en parler quand tu aurais seize ans... le destin en aura décidé autrement. Nous vivons ici dans un petit paradis, mais le reste du monde n'est malheureusement pas à cette image !

Il hocha la tête et continua :

– Il y a de cela bien des années, je vivais en Bretagne, tout près de l'endroit où tu es né. En ce temps-là, je croyais à la vie, à la bonté universelle. Je ne me posais guère de questions. Ma seule passion était de fouiller dans les grimoires, d'essayer les recettes de philtres d'enchantements, d'inventer de nouveaux sortilèges.

Mon grand ami était Merlin. Tous deux, nous découvrions chaque jour de nouveaux secrets..., jusqu'au jour où Merlin tomba amoureux de Viviane. Il commença alors à lui dévoiler un à un tous les sortilèges que nous connaissions, et finit par commettre l'imprudence fatale... Enfin, je crois que ce n'était pas vraiment une imprudence, et qu'il savait parfaitement ce qu'il faisait : il a livré à Viviane le secret du philtre qui endort, et Viviane qui voulait le garder auprès d'elle jusqu'à la fin des temps, lui fit boire la potion. Merlin s'endormit pour l'éternité...

Neposus se tut un moment. Il semblait plongé dans ses souvenirs, puis il reprit :

– J'ai tout essayé pour réveiller Merlin. Sans cesse, je composais de nouveaux breuvages. Je faisais des essais avec toutes les plantes qui poussaient dans notre forêt de Brocéliande..., rien n'y fit.

Un jour, je crus que j'avais trouvé. Je venais juste de terminer une nouvelle potion, lorsqu'arriva vers moi un chevreuil. Il était très malade. C'était un animal que je connaissais bien et qui, souvent, m'accompagnait dans mes promenades à travers la forêt.

J'ignorais quelle maladie il avait bien pu contracter, mais je lui donnai à boire de ma potion. Ce fut stupéfiant : à peine eut-il bu que l'animal se leva et dressa la tête. Il n'était plus le même. Celui qui m'était arrivé malade était un animal faible et chétif, et voilà que j'avais devant moi le plus beau chevreuil de la forêt : il était grand et fort, ses yeux brillaient d'intelligence, et sa belle tête fine avait pris une expression de puissance. Il lécha ma main, se dressa sur ses pattes arrière, puis disparut dans un galop d'enfer. J'ai su, depuis, qu'il était devenu le prince des chevreuils, et que jamais son autorité n'a été contestée.

A peine revenu de ma surprise, je courus essayer ma potion sur Merlin. Elle n'eut malheureusement aucun effet : le charme de Viviane était trop fort.

Je me hâtai de mettre par écrit la recette de ce philtre miraculeux. Sur Antaerus, le grand livre que Merlin et moi avions commencé, je notai tous les détails sur la façon de réaliser la potion : nous reparlerons plus tard de ce grimoire...

Toujours est-il que je me servis un peu trop de ce breuvage, et bientôt, le bruit courut que je possédais le secret du souffle de vie..., ce qui est un bien grand mot ! Je sus vite qu'un brigand du nom d'Orgéor me cherchait pour m'acheter la recette. Alors, il me vint à l'esprit la question que j'aurais dû me poser immédiatement : quelle serait l'action de ma potion sur un homme fort et bien portant comme Orgéor ? Le doute m'envahit... Je passe sur les expériences que j'ai faites avec des animaux, et les réflexions auxquelles je me suis livré, mais j'en suis arrivé à cette conclusion : mon breuvage donne force et intelligence. Celui qui le boit possède le don de lire dans l'esprit des autres, et, par sa connaissance profonde des hommes et de leurs défauts, il peut faire leur bonheur... ou leur malheur ! C'est là que le bât blesse : la puissance donnée par le philtre peut permettre à un seul homme de réduire en esclavage la terre entière, si tel est son désir.

Je sentis que mon secret était un danger pour l'humanité, et, un soir, mon grimoire sous le bras, je quittai Brocéliande. Depuis, je vis ici.

– Tu as toujours le grimoire ? s'inquiéta Netra.

– Non... J'aurais dû le détruire, mais je n'en ai pas eu le courage... En tout cas, je ne voulais pas qu'il tombe entre les mains de n'importe qui. Même l'homme le plus digne de confiance ne doit connaître un tel secret : nul ne sait comment il agirait s'il se sentait la possibilité de devenir maître de la terre...

– C'est pour cela que Boren n'a pas voulu que tu utilises ton pouvoir pour le soigner ? demanda l'enfant.

– Tu étais là ce soir-là aussi ? s'étonna Neposus. Eh bien, oui, c'est pour cela... et je ne peux lui donner tort !

Pour en revenir au grimoire, je l'ai donc emporté dans ma fuite. La suite est due au hasard.

La nuit de Noël, j'avais décidé de traverser une lande déserte, peuplée seulement de korrigans. Ils inspirent de la crainte aux hommes, mais ne sont pas trop désagréables si on sait leur parler.

Mon projet était de marcher jusqu'aux menhirs de

Plouhinec, et de m'y reposer un peu. Vers la minuit, j'arrive à l'allée de menhirs : plus de pierres, elles avaient disparu ! Alors, me revint en mémoire une légende que me racontait mon père : certaines nuits de Noël, les pierres de Plouhinec vont boire à la rivière.

Il ne me fallut pas longtemps pour prendre ma décision : je déposai le grimoire dans le trou laissé par un des menhirs. Quelques minutes plus tard, les pierres étaient de retour, et mon grimoire en sécurité.

– Et maintenant, supposa Netra, tu voudrais retourner le chercher ?

– C'est beaucoup plus compliqué que cela... Je n'ai pas encore parlé de Falcosi.

– Sale bête ! grommela Boren entre ses dents. Maudite soit sa soif de puissance ! Le mal ! Falcosi est le mal !

Il se tut, laissant planer dans la pièce une atmosphère de menace.

Inconsciemment, Netra rentra la tête dans les épaules, tandis que le vieillard, les yeux fixés sur les flammes, reprenait son récit.

FALCOSI

– Falcosi est un sorcier.
– Comme toi ? interrogea Netra.
– Non ! Moi, je suis un magicien, un enchanteur. Falcosi, lui, doit son pouvoir à un pacte qu'il a fait avec le diable.
Il toussota avant de continuer :
– J'ai connu Falcosi voilà de bien longues années. Nous avions été tous deux choisis par le maître Marcus, un très grand enchanteur : il voulait transmettre son savoir, et avait porté son choix sur nous. Nous avions alors tous deux une douzaine d'années, le pas alerte, l'œil vif et l'esprit ouvert. Malheureusement, Falcosi se lia bientôt avec des personnages peu recommandables : le seigneur Tulkin, Avenant l'étrangleur, et toutes les crapules des environs. Notre maître Marcus s'en aperçut très vite ; il était aveugle mais n'avait pas son pareil pour voir jusqu'au fond de l'âme.
Un jour, il dit à Falcosi :
– Falcosi, mon petit, tu ne sens pas bon !
– Pas bon ! protesta Falcosi. Je viens de me laver !
– Ce n'est pas de l'odeur de ton corps dont je parle, mais de celle de ton âme. Fais attention ! Tu es bien jeune, ne te laisse pas entraîner par les porteurs de mal.
– Je ne voulais pas vous déplaire, Maître, répondit piteusement Falcosi. Je vous promets de ne plus rencontrer ces bandits.

Naturellement, Falcosi ne tint pas sa promesse. Maintes fois, j'eus envie d'en avertir notre maître, mais je n'osai pas, pensant que Falcosi pouvait encore se racheter.

Marcus ne lui fit plus la moindre remarque, toutefois, je constatai que Falcosi était presque toujours absent lorsque le maître donnait des enseignements importants.

Un jour, je demandai à Marcus :

– N'attendez-vous pas Falcosi, pour commencer ?

Il me répondit :

– Je l'ai envoyé à la cueillette des plantes.

Les années avaient passé. Nous avions, Falcosi et moi, une quinzaine d'années, lorsque se déclencha le drame.

J'étais monté dans un arbre pour y cueillir le gui, quand, tout à coup, j'entendis des éclats de voix. Falcosi criait :

– Cela fait des mois et des mois que vous ne m'avez rien enseigné ! Vous devez me livrer les secrets : vous savez que vous n'avez pas le droit de les emporter dans la tombe !

Marcus répondit d'une voix qu'il essayait de rendre calme :

– Falcosi, je t'ai choisi, je t'ai aimé, mais ton cœur n'était pas armé contre le mal. Tu t'es laissé gagner par la gangrène. Je ne puis te transmettre mon savoir. Ce sont secrets de magicien et non pas recettes de sorcellerie. Je ne puis les confier qu'à un cœur pur, car ils ne doivent en aucun cas servir à des maléfices.

– Mais je les utiliserai bien, je vous le promets !

Il hocha la tête, puis il ajouta :

– Jamais je ne donnerai d'armes au mal. Je suis obligé de me séparer de toi.

Il se prit la tête à deux mains.

– ... Ta seule présence provoque dans mon crâne des bourdonnements insupportables. Va..., quitte-nous, je ne puis plus rien pour toi.

Alors, je vis Falcosi, les yeux brillants de haine, saisir un brandon dans le feu et l'approcher du visage de Marcus. Il dardait sur lui des yeux mauvais.

Je sautai de mon arbre pour voler au secours du maître, mais j'arrivai trop tard. Marcus gisait recroquevillé sur le sol. Je criai :

– Maître ! Maître !

Il leva une main, me la tendit et dit :

– Ce sont ses yeux qui me tuent... Garde-toi de ses yeux..., donne ta main...

Je lui donnai ma main. C'est ainsi que se transmet le pouvoir des enchanteurs. Et il mourut.

– C'est toi qui as hérité de son pouvoir ? s'étonna Netra.

– De son pouvoir, oui, mais pas de sa science. Et le pouvoir sans la science...

– Mais vous êtes un grand magicien, maintenant, intervint Boren.

– Grand..., cela est exagéré. Mais j'ai beaucoup appris tout de même.

– Et Falcosi ? demanda Netra.

– Falcosi..., depuis ce sombre jour, je ne l'ai plus revu. Je sais qu'il a fait un pacte avec le diable pour posséder les pouvoirs que Marcus n'a pas voulu lui transmettre. Je sais aussi qu'il a eu connaissance de l'existence d'Antaerus..., et depuis lors, il cherche à savoir où il est caché. S'il le trouve, le monde est perdu. Falcosi étendra sa domination partout, et les hommes n'auront plus qu'à se soumettre ou à se tuer.

Neposus arrêta son récit, puis, se tournant vers Boren :

– Va, dis-lui la suite.

– Voilà des années, commença Boren, que je surveille Falcosi : il est clair qu'il veut à tout prix trouver Antaerus, mais il est aussi à la recherche de Neposus, car il lui suffit d'avoir en son pouvoir l'un ou l'autre, pour connaître le secret.

– Hélas oui ! intervint Neposus. Même si je ne veux pas le lui révéler de mon plein gré, il connaît des philtres qui délient la langue...

– Ma tâche, reprit Boren, s'est singulièrement compliquée depuis l'entrée en scène des razzaks, ces êtres diaboliques qui se sont mis à la solde du sorcier. Je ne les craignais guère, jusqu'au jour où j'ai appris qu'ils possédaient une arme redoutable : les spers, de petites graines qu'ils lancent à l'aide d'une sorte de sarbacane. Ces spers s'enfoncent sous la peau, puis elles éclatent, et alors, avant d'en mourir, l'individu touché devient visible aux yeux de Falcosi, où qu'il soit..., sauf dans cette vallée, protégée par l'écran impénétrable du brouillard.

Ils restèrent un moment silencieux, pendant que Boren remettait une bûche dans le feu avant de poursuivre :

– La surveillance permanente que j'ai exercée sur Falcosi m'a permis de découvrir une chose capitale : le sorcier prépare actuellement un sort qu'il pourra jeter au grimoire, où qu'il soit, et Antaerus produira alors un son perceptible aux seules oreilles des razzaks, un son qui les attirera inéluctablement. Il est urgent d'agir, de reprendre Antaerus, car le seul endroit où il puisse être en sécurité, c'est ici, sous la protection du brouillard.

– Que se passera-t-il, s'inquiéta Netra, si Falcosi réussit à découvrir l'endroit où se cache le grimoire ?

– Tout comme nous, il devra attendre, pour le récupérer, une nuit de Noël où le menhir ira boire à la rivière, et, tout comme nous, il ignore quelle sera cette nuit. Voilà dix-huit ans que je me rends pour Noël dans les landes de Plouhinec, et le menhir n'a pas bougé. Neposus, lui, passe toutes ses nuits à agir sur l'esprit de Falcosi, pour qu'il ne découvre pas le sort qu'il voudrait jeter à Antaerus. Mais, malgré tout son pouvoir, il ne peut que troubler l'esprit du sorcier, et seulement reculer l'échéance fatale !

– Si je pouvais, intervint Neposus, la retarder jusqu'à ce que nous ayons repris le grimoire...

Il se tourna vers l'enfant, dont le visage était grave et soucieux, et lui dit :

– Tu as sans doute compris le problème qui se pose maintenant. Boren ne peut plus sortir de la vallée : il a été blessé par des spers ; il serait immédiatement vu et suivi, et la cachette d'Antaerus ne serait plus un secret... Moi, je suis une cible trop facile : si Falcosi me capture, le monde est perdu.

Netra sentait son cœur se serrer. Il n'avait pas beaucoup le sens de l'aventure, il aimait plutôt rester des heures à lire, au coin de la cheminée, entre Neposus et Boren. Et pourtant, aujourd'hui, il ne pouvait plus reculer :

– J'irai, dit-il d'une voix faible, puisque je suis le seul à pouvoir y aller...

– Ne dis rien encore, interrompit Neposus, réfléchis. Demain, tu pourras te prononcer à tête reposée. Mais sache que je te comprendrais très bien si tu choisissais de rester.

– Jamais plus je ne pourrais me chauffer au soleil dans la vallée sans penser que, par ma faute, des milliers d'hommes vont souffrir. Je me ferais horreur, c'est bien pire que de mourir des spers ou d'un maléfice. Tu savais, Neposus, en acceptant de me confier le secret, que tu m'ôtais la paix ?

– Je le savais, mon petit, je le savais... mais je n'avais pas le choix.

– Toi aussi, reprit Netra, tu sais bien que je dois y aller. Si tu n'en avais pas été persuadé, tu ne m'aurais rien dit.

– C'est vrai, mon petit, ta vie est gâchée par ma faute, par l'erreur que j'ai commise de vouloir trop inventer.

– Ma vie n'est pas gâchée, protesta Netra. La vie, c'est toi qui me l'as donnée, je veux l'utiliser à te servir.

– Ne parle pas ainsi, Netra. Tu ne me dois rien. J'ai pris la responsabilité de me charger de toi, et ensuite, je n'ai fait que mon devoir. Je t'ai servi de père, mais en échange, tu m'as servi de fils. Tu ne me dois ni reconnaissance, ni respect. Je n'ai rien fait que ce que je devais, et c'est moi qui ai eu la meilleure part.

– Neposus ! se fâcha l'enfant. Ce n'est pas parce que tu m'as redonné la vie que je te respecte. Je te respecte parce que tu es respectable, et je t'aime parce que tu es mon ami ! Chaque homme doit servir à quelque chose : tu m'as désigné ma mission, je sais à présent que c'est pour accomplir ce destin que je suis sur terre.

Netra parlait bravement, mais il avait au cœur un pincement qui ne trompait pas : il avait peur. Il avait peur et pourtant pas un instant ne l'effleura la pensée qu'il pouvait renoncer au voyage.

Il était désespérément sûr qu'il devait y aller : on n'y pouvait rien, sa route s'était tracée à son insu. Il ne la découvrait qu'aujourd'hui, mais c'était la seule possible.

DEUXIÈME PARTIE
LE LONG CHEMIN

LA CONFRÉRIE DES OURS

Netra partit par un bel après-midi d'automne ; le soleil riait, mais les arbres perdaient déjà leurs feuilles. L'enfant avait embrassé ses amis et, sans se retourner, sans le moindre regard pour la vallée où il avait été si heureux, il s'enfonça dans le brouillard.

Il mordait sa lèvre inférieure pour combattre les larmes qui lui venaient aux yeux. Depuis trois jours, il s'était bien promis de ne pas regarder en arrière au moment de partir, et il avait tenu bon. C'était un signe encourageant : peut-être était-il plus brave qu'il ne le croyait ?

Il sentait sur son épaule le poids du sac dans lequel il avait enfermé ses provisions, et qu'il avait noué au bout d'un long bâton soigneusement écorcé. Les vêtements taillés par Boren lui procuraient une douce chaleur, mais une boule, dans sa gorge, l'étouffait. Il s'obligea à repasser dans sa mémoire toutes les recommandations de Neposus, tout ce que le vieil homme lui avait appris sur la Bretagne et ses habitants, sur le chemin qu'il devrait parcourir, sur les dangers... Pauvre vieillard, n'était-il pas plus à plaindre, lui qui ne pouvait partir ? Combien d'angoisse il y avait dans sa voix quand il donnait les dernières instructions !

Netra se mit à siffloter pour se donner du courage, mais son souffle était trop court, ses muscles trop tendus et sa chanson mourut d'elle-même sur ses lèvres. Déjà, il sortait du brouillard. Le spectacle qui s'offrait à ses yeux le stupéfia : la montagne étincelait, blanche sous un ciel parfaitement bleu. Il se trouvait sur le plus haut sommet ; les vallées et les pics, à ses pieds, lui semblaient si proches qu'il avait l'impression de pouvoir sauter de l'un à l'autre. Il avait envie de s'asseoir sur la neige et de se laisser glisser... glisser...

Il oublia un instant Neposus, Boren, Falcosi et tous les autres, et ramassa une grosse poignée de neige qu'il frotta vigoureusement contre ses joues.

Un sentiment de paix et de plénitude l'envahit ; pour la première fois, il se sentait responsable de lui-même.

Bientôt, le soleil embrasa le ciel d'occident. Assis à la limite du brouillard, Netra le regarda se coucher : c'est dans cette direction qu'il devrait aller.

Il parcourut du regard le chemin qui serait le sien : il devrait d'abord descendre le glacier pour prendre la petite corniche, à droite. Avant la nuit noire, il lui faudrait en avoir atteint le bout, car elle était fort étroite et assez dangereuse. Ensuite, il serait obligé de traverser le deuxième glacier, en bifurquant à gauche pour rejoindre la corniche que Boren appelait « la grande voie ». Dès qu'il y serait, il pourrait marcher en toute tranquillité. Il suffisait, si la nuit était sans lune, de veiller à laisser toujours sa main sur le flanc de la montagne. « Il n'y a pas de problème, avait affirmé Boren, tu suis la paroi, c'est tout. »

Netra attendit que le dernier petit morceau du soleil ait disparu entre deux montagnes, que le dernier rayon s'éteigne comme par magie ; alors il se leva, secoua la neige de ses vêtements, puis, d'un pas souple, il commença de dévaler le glacier. Il arriva sans encombre sur « la grande voie ». La lune était si claire qu'il n'eut même pas besoin, pour se guider, de coller sa main à la montagne. La nuit fut belle. Netra se sentait le cœur plus léger. Les dangers lui semblaient loin, la méchanceté pure invention, et Falcosi un mauvais rêve. Lorsqu'il sentit sous son pied que la corniche amorçait une pente plus prononcée, il compta une centaine de pas : il avait atteint la première grotte, son voyage se déroulait comme prévu.

Dans les premières lueurs de l'aube, il mangea presque la moitié d'un pain, des œufs durs et quelques noix. Il se sentait une faim d'ogre, et dut se raisonner pour ne pas dévorer l'autre moitié du pain.

Il ne réussit pas à se rappeler comment il s'était endormi, mais il se réveilla à l'heure où le soleil commençait à décliner. Ses jambes étaient lourdes, et les premiers mouvements qu'il tenta lui arrachèrent des soupirs de douleur : ses muscles n'étaient pas habitués à une aussi longue marche. La nuit qui venait s'annonçait difficile...

Sans quitter la grotte, il jeta un coup d'œil sur la vallée qui s'ouvrait à ses pieds ; un frisson le parcourut. Le ruisseau, tout au fond, lui semblait si mince... cela lui donnait le vertige, et il pensa que, décidément, il valait mieux pour lui voyager de nuit. Vingt fois, trente fois, Boren lui avait fait répéter le parcours, les embûches qu'il trouverait, les erreurs à éviter. Il aurait pu se déplacer les yeux fermés. « Trois étapes, avait dit Boren, pour les trois premières étapes, tu ne voyageras que de nuit, car tu traverseras une partie de la montagne qui n'est jamais fréquentée par l'homme. Une présence y paraîtrait suspecte, et les razzaks rôdent partout... Ensuite, je ne vois pas d'obstacle à ce que tu voyages de jour : l'endroit est moins désert, et personne ne sait qui tu es. »

La deuxième nuit ne fut pas aussi difficile que Netra ne le craignait. Ses muscles ankylosés se faisaient moins douloureux au fur et à mesure qu'ils se réchauffaient, et la marche devint presque agréable. La neige se raréfiait ; il n'y en eut bientôt plus que quelques plaques. En se retournant, Netra apercevait, haute, lointaine, la montagne qu'il avait quittée, se découpant en noir sur le ciel noir, pâlement éclairée par la lune.

La nuit allait s'achever. Déjà la lueur du soleil rosissait le ciel d'orient. S'il avait dû passer la journée précédente sur une faible corniche, Netra savait que le jour qui venait lui offrait un abri confortable. Il s'arrêta aux « trois grottes », s'enroula dans des couvertures laissées par Boren et s'endormit sans prendre le temps de manger.

Lorsqu'il ouvrit les yeux, il faisait nuit. Il crut qu'il rêvait : combien de temps avait-il donc dormi ? Il avait abominablement faim, et dut chercher à tâtons dans son sac de toile quelque chose de consistant à manger. Il se décida pour du pain, car un fruit n'aurait pas calmé son estomac affamé, et mordit à belles dents dans une grosse miche. Tout à coup, il entendit un bruit... il écouta... rien... sans doute était-ce son estomac qui réclamait ! Il lui semblait n'avoir jamais rien mangé d'aussi bon que ce pain, déjà un peu rassis pourtant.

Il allait avaler une deuxième bouchée, lorsqu'il eut l'impression qu'un frottement venait de se produire sur sa droite. Il ne bougea plus, l'oreille aux aguets, mais il ne remarqua rien. Il commençait tout de même à être moins tranquille, son pain lui parut plus dur et moins bon. Il n'osait plus y mordre de peur de faire du bruit. Il écouta encore, sans faire un mouvement, et... mais oui, il en était sûr !... Il avait entendu un soupir. Tout de suite, il pensa aux razzaks, et cette seule évocation lui glaça le sang. Tout autour de lui, il percevait maintenant des respirations. Elles étaient si paisibles qu'elles ne lui donnèrent pas l'impression qu'il courait un réel danger, et pourtant, sa raison ne cessait de lui répéter de filer au plus vite ; il s'extirpa doucement des couvertures. Il se fit alors un mouvement au fond de la grotte, puis tout redevint calme.

« Ce sont peut-être les razzaks », se répéta l'enfant. Il essaya de ramper jusqu'à la sortie de la grotte, mais il ne se rappelait plus exactement où elle était, et chacun de ses mouvements semblaient le rapprocher de l'ennemi. Les êtres de la grotte dormaient : il en était presque sûr. Et s'il allait les réveiller en cherchant la sortie ? Il ne savait plus à quoi se résoudre. Il s'assit par terre ; il claquait des dents.

L'aurore le surprit dans la même position : il serrait toujours ses genoux contre sa poitrine. Il dormait ! Le sommeil avait eu raison de sa peur.

Son réveil fut brutal : il sentit un souffle chaud sur son cou. Quelque chose grattait le sol au ras de ses pieds. En un éclair, il réalisa qu'il avait dormi, dormi dans ce danger latent ! Il sentait des présences partout, et ne pouvait se décider à ouvrir les yeux.

Un coup dans son épaule, et il se retrouva debout, les yeux terrorisés, le corps tendu. Il s'aperçut alors qu'il était entouré d'ours énormes. Son soulagement fut tel qu'il se laissa tomber à terre, sans aucune force. Son corps se mit à trembler nerveusement, puis il éclata de rire :

– Des ours ! La confrérie des ours !

Neposus lui en avait si souvent parlé qu'il avait l'impression de les connaître tous par leur nom : le gros qui lui avait tapé sur l'épaule, c'était sans doute Garanter, et le petit qui jouait avec son sac... il s'agissait évidemment de Carlin, un ours d'un an qui serait sûrement un jour un grand chef.

– Ah ! soupira Garanter. Voilà enfin l'enfant réveillé !

– Je ne suis plus un enfant ! protesta Netra en retrouvant son calme.

– Ah ! Tiens, tiens ! s'amusa une jolie petite ourse. N'est-ce pas d'un enfant de s'endormir alors qu'il ne sait même pas ce qu'il y a autour de lui ?

Netra se mordit la lèvre. Il s'en voulait! Comme il s'en voulait! Et si ç'avaient été les razzaks?... Dormir..., dormir dans un moment pareil! Jamais il ne se le pardonnerait!

– Allons ! reprit Garanter de sa grosse voix. Ne le persiflons pas ! Sans doute a-t-il dormi parce que, en digne élève de Neposus, il écoutait son cœur, qui refusait de croire à un quelconque danger.

Ces paroles réconfortèrent Netra, un court instant, car il pensa aussitôt qu'il avait d'abord essayé de fuir la grotte, n'écoutant que sa raison qui disait : « Les razzaks ! » Du coup, il s'en voulut plus encore. Il se répéta qu'il n'était pas digne d'être l'élève de Neposus, s'il ne savait pas écouter son cœur plutôt que sa raison. Il était mortifié.

En demi-cercle autour de lui, les ours souriaient amicalement.

– Vous me connaissez ? s'étonna Netra.

– Rassure-toi ! dit Garanter. Nous sommes les seuls à savoir qui tu es. Fais confiance à la confrérie des ours pour ne point révéler ce secret. Le jour est déjà levé. Ne crois-tu pas qu'il serait temps de partir ? Tu peux marcher de jour, maintenant, puisque tu as fait tes trois nuits.

– Mais..., comment savez-vous cela ?

– C'est très simple : à la demande de Boren, depuis trois nuits nous nous relayons pour te suivre et te protéger.

– Trois nuits ! (Netra était stupéfait). Vous me suivez depuis trois nuits, et je ne me suis aperçu de rien !

– Ceci doit te servir de leçon : tu n'as pas encore le regard et l'ouïe suffisamment exercés. Nous te suivrons jusqu'au pied de la montagne, mais de loin, car nous ne pouvons t'accompagner : si les razzaks rôdaient, cela éveillerait leur attention.

– Vous connaissez les razzaks ? demanda Netra.

Un profond silence se fit dans la grotte.

Un vieux mâle s'approcha. Il prit la main de Netra et la posa sur son ventre, en disant d'une voix enrouée :

– Que sens-tu ?

– Je sens des petits trous, murmura Netra impressionné.

– Des trous de spers, continua le vieil ours. Moi seul n'en suis pas mort. Les spers n'ont pas réussi à s'introduire dans ma chair, ma peau était sans doute trop dure. Mais ce jour-là..., tous les jeunes moururent.

Le silence était total. Les ours baissaient la tête. C'est à ce moment-là que Netra se souvint des peaux d'ours de la première grotte où Boren et lui s'étaient arrêtés, deux ans auparavant.

– Les peaux..., murmura-t-il.

– La confrérie est infiniment reconnaissante à Boren, dit Garanter d'une voix unie, d'avoir réussi à les reprendre chez les razzaks. Nos frères dorment maintenant en paix dans notre royaume. Que l'esprit de nos morts te protège, enfant, et qu'il guide tes pas... Il te faut partir, maintenant. Je me suis occupé de renouveler tes provisions. Cela te fera gagner du temps, et ton temps est précieux.

Netra remercia. Il avait le cœur serré. Il est bon de rencontrer des amis, mais cela rend le départ plus difficile. Il lui fallait de nouveau rassembler son courage, comme lorsqu'il avait quitté la vallée, de nouveau laisser un abri sûr pour s'enfoncer dans le brouillard du monde, si plein de menaces et d'incertitudes.

Il ramassa son baluchon, et le noua au bout du bâton qu'il jeta sur son épaule, puis après que chaque ours lui eut posé les pattes sur la tête en signe d'amitié, il tourna les talons et partit en regardant droit devant lui. Il essayait de poser ses pieds avec assurance, et veillait à donner à sa marche un rythme cadencé. C'était très important : aller d'un pas sûr raffermit le cœur et calme l'esprit. C'était un des précieux enseignements de Boren.

UNE DURE RÉVÉLATION

Il fallait marcher droit vers le soleil couchant. Le plus difficile était de descendre à flanc de montagne, mais, si vingt fois il crut qu'il allait se rompre le cou, Netra jugea que le voyage s'était bien passé : il venait d'arriver au fond de la vallée.

Il sentait de douloureux élancements au bout de ses pieds, qui avaient, durant des jours, retenu son corps sur les pentes abruptes et glissantes. Assis à l'entrée de la grotte aux peaux d'ours, il constata tristement que les ongles de ses gros orteils n'y avaient pas résisté : ils devenaient noirs et tomberaient sûrement, mais le plus pénible était passé...

L'air était doux, la neige avait complètement disparu : Netra n'en avait plus vu depuis deux grands jours. Il scruta les pentes herbues pour essayer d'apercevoir les ours, mais il ne vit rien. Pourtant, il savait qu'ils devaient être là, Garanter, ou Ralina, ou Carlin...

Le soleil était encore haut. Le voyageur calcula qu'il pouvait marcher deux heures au moins avant la nuit. Il ne servait à rien de rester là, à contempler ses pieds.

« Demain, se dit-il, ils seront tout aussi endoloris, et j'aurai tout autant de mal à repartir. Pour les guérir, il me faudrait rester assis une bonne semaine... ce qui est impossible. Le mieux est donc de marcher. »

Les premiers pas furent difficiles ; le pied droit, surtout, ne voulait rien savoir. Il faut dire qu'il était orné d'une magnifique ampoule qui prenait sous le talon et s'étalait jusqu'au tendon d'Achille. Netra jugea préférable de s'arrêter de nouveau, et se déchaussa. C'était vraiment une belle ampoule ! Il fallait se résoudre à la percer : l'opération serait délicate, mais Neposus avait prévu à cet effet une petite aiguille en os, qui servirait à faire passer dans l'ampoule un mince fil. Un liquide transparent s'écoula. L'argile verte que Netra déposa sur la blessure lui procura une sensation de fraîcheur.

L'enfant interrogea des yeux le sentier de rocaille et fit une grimace : il aurait, de loin, préféré un chemin bien uni et poussiéreux, plus doux à ses pauvres pieds ! Il avait beau se répéter : « allons-y ! », il ne bougeait pas d'un pouce. Il savait très bien ce que Neposus lui aurait dit : « Les mots ne servent à rien si on ne les pense pas profondément »... et Neposus avait raison. Netra se disait : « allons-y ! », mais sa volonté était de rester, et les mots n'étaient pas de force à lutter contre son inertie. Il essaya d'autres expressions : « courage ! » ou « debout ! » sans plus de succès. Alors, il renonça aux mots, pour lesquels il n'avait que du mépris, et, puisant dans sa volonté, il se leva. Il lança son bonnet en l'air, dans l'espoir que la confrérie comprendrait son signe de remerciement et d'adieu, et, clopin-clopant, il reprit sa route.

Il n'avait pas fait cent pas qu'il marchait déjà mieux, et au bout d'une lieue, il avait totalement oublié ses pieds.

C'est formidable, des pieds, on n'y pense pas et ils marchent tout seuls, ils vous mènent là où vous voulez aller. Netra y avait souvent songé, et il se disait en les regardant : « Mes pieds connaissent le chemin ! » Tout de même, il ne s'y fiait pas trop, et, avant de s'endormir le soir, sur le bord de la route, il prit soin d'allonger son bâton près de lui, pointé vers le couchant : il ne pourrait plus, maintenant, se repérer à la pente de la montagne ; il devrait aller droit vers l'occident et ne pas se tromper de direction au petit matin.

Il restait quelques vivres dans son sac, fort heureusement d'ailleurs, car, depuis qu'il avait quitté les ours, Netra n'avait rencontré personne. La vallée qui l'avait conduit hors du massif montagneux était inhabitée ; elle débouchait sur une vaste étendue plate et caillouteuse où poussait une herbe maigre, jaune, dont les moutons eux-mêmes n'auraient pas voulu. Pas âme qui vive à l'horizon. Aussi loin que portait le regard, ce n'étaient que pierres et lichens. Pas une ferme. Pas une fumée.

Un autre enfant en eût peut-être souffert, mais Netra était habitué à la solitude. Il fut même heureux de n'apercevoir aucune maison : il n'aurait pas à parler. Il craignait les hommes, car il ne les connaissait pas ; il avait même souvent l'impression que si quelqu'un lui adressait la parole, il ne comprendrait pas.

Sur son bâton, il compta dix petites entailles... dix jours déjà qu'il était parti. Jusqu'à son arrivée en Bretagne, il n'aurait rien à craindre. Il marcherait du matin au soir, puis rencontrerait la mer. Il se demandait s'il la reconnaîtrait ! Neposus avait dit : « Tu ne peux pas te tromper, et si tu as un doute, renseigne-toi. » Se renseigner ! Devoir parler à quelqu'un ! Pour le moment, cela l'angoissait plus que d'avoir à affronter les razzaks. Enfin, il verrait... Ensuite, il devrait remonter droit vers le nord, vers l'étoile polaire, et après quelques jours de marche, il serait en Bretagne. La Bretagne... Cela lui semblait bien loin !

Le soir, allongé au fond d'un fossé ou blotti au pied d'un arbre, il évoquait l'image de Boren, celle de Neposus, qui s'était sûrement enfermé dans l'Antre, toute sa pensée tournée vers Falcosi, se concentrant pour empêcher le sorcier de réfléchir, et il s'inquiétait : si Falcosi réussissait à jeter un sort à Antaerus, Antaerus émettrait un son..., les razzaks seraient attirés... L'enfant se représentait le sorcier, ramassant le grimoire dans le trou laissé béant par le départ du menhir, l'ouvrant, et pénétrant de ses yeux durs le secret de la puissance.

Et lui, que pourrait-il faire contre tous ?

Une quinzaine de jours après son départ, Netra fut bien obligé de constater que son sac était vide. Il avait pourtant économisé la nourriture, mais il était fatal qu'elle finisse par s'épuiser.

Il était arrivé dans un pays habité. Çà et là, quelques fermes dispersées semblaient regorger de nourriture : les greniers étaient pleins, les oiseaux bien nourris, les musaraignes ne se plaignaient pas, les chiens avaient le ventre rebondi, et ne couraient même pas après les chats qui venaient manger dans leur écuelle. Les champs d'épeautre se succédaient. Au creux d'une haie, deux enfants cachés crièrent : « Un bossu ! Un bossu ! ». Puis des rires fusèrent. Netra chercha des yeux, mais il ne vit rien.

Il commençait à avoir faim, vraiment faim. Il était passé devant trois fermes sans oser y pénétrer, mais il faudrait maintenant qu'il rassemble tout son courage pour frapper à la porte de la jolie maison fleurie qui lui barrait la route. Le soleil se couchait, il n'y avait plus à hésiter.

Le chien n'aboya pas. Il se précipita sur le visiteur pour le sentir, puis remua la queue en signe d'amitié.

– Que voulez-vous ? demanda sèchement une femme en se penchant par la fenêtre.

Netra eut un mouvement de recul. Vivant entre deux hommes, il avait oublié l'existence des femmes. Il avait toujours eu l'impression qu'elles n'étaient que des personnages d'un cauchemar qu'il aurait fait dans sa petite enfance.

La femme, le voyant interdit et apeuré, s'adoucit :

– Tu es un mendiant ?

Netra fit vivement un signe négatif, puis il réalisa que celui qui demande à manger est un mendiant, et que c'était son cas. Il baissa la tête et murmura :

– Oui.

– Entre, alors ! dit la femme. Et assieds-toi !

Puis elle lui servit du pain et du fromage de brebis, et le craquement de la miche qu'on coupe lui réchauffa le cœur.

La femme ne s'assit pas. En regardant Netra manger, elle dit :

– D'où viens-tu ?

– Par là, répondit Netra en désignant l'est d'un geste vague.

– Ah ! se réjouit la femme. Tu es passé chez le Pierrot !

Netra fit signe que non.

– Chez la Germaine de la ferme aux tilleuls ?

– Non, répondit Netra gêné, je n'ai vu personne.

– Ah !...

La femme semblait un peu désappointée.

– Et..., sais-tu si la récolte de pommes a été bonne, du côté de la montagne ?

– Très bonne, affirma Netra qui se rappelait les pommiers couverts de fruits.

– Combien se vendent-elles ?

Netra eut l'air surpris : il ne savait même pas que les pommes se vendaient.

– Je l'ignore, souffla-t-il, un peu honteux.

– Eh bien ! s'exclama la femme. Pour un mendiant, tu ne sais pas grand-chose !

Netra voulut dire qu'il n'était pas vraiment un mendiant, et que c'était la première fois..., mais il n'osa pas.

– Enfin !... conclut la femme.

Elle se tut un moment, puis :

– Dis-moi, ne voudrais-tu pas t'installer comme tailleur, ici, nous en manquons !

– Comme tailleur ?

Netra était interloqué :

– Pourquoi « comme tailleur » ?

– Eh bien, fit la femme, un peu embarrassée, un bossu... un bossu ne peut pas faire grand-chose d'autre que tailleur !

– Un bossu..., répéta Netra sans comprendre.

– Eh bien, quoi ! dit la femme en s'énervant un peu. Tu es bossu, non ?

Netra ouvrait des yeux étonnés.

– Ne me dis pas, reprit la femme en lui passant la main sur le dos, que ce n'est pas une bosse, ça ! Tu es né sous la mauvaise lune, hein !

Netra ne disait rien. Il sentait le sang se retirer de ses joues. Il s'était rendu compte que son dos n'était pas aussi plat que celui de Boren, mais Neposus était un peu voûté... Il n'avait jamais compris que sa courbure, à lui, était anormale, qu'il était différent de tous les autres, et que, pour cette différence, on ne disait pas de lui « un enfant » ou « un voyageur », mais « un bossu ». Le cri des enfants lui revint en mémoire, et leur rire... Il en voulut un peu à Neposus de ne pas l'avoir prévenu.

Ses yeux lui faisaient mal, sa gorge était serrée. Il se leva, prit son bâton et, sans rien voir, sans dire un mot, il sortit.

– Vous n'allez pas déjà partir ! s'étonna la femme. Vous pouvez coucher dans la grange !

Mais l'enfant n'entendait pas.

Cette nuit-là, Netra la passa dans un fossé. Ce fut une bien mauvaise nuit. A la stupeur dans laquelle l'avaient plongé les révélations de la femme, avait succédé l'angoisse, une angoisse indéfinissable, car Netra ne saisissait pas encore parfaitement ce qu'impliquait le fait d'être bossu, mais, il l'avait bien senti dans le ton de la femme, c'était une tare. Les enfants avaient ri de lui. On lui proposait d'être tailleur, à lui qui ne savait pas coudre, simplement à cause de sa bosse !

Vraiment, ce fut une bien mauvaise nuit !

D'ÉTRANGES ÉVÈNEMENTS

Neposus l'avait bien dit, il était aisé de reconnaître la mer. Netra marchait maintenant droit vers l'étoile polaire. Depuis une quinzaine de jours, il ne s'était nourri que de pommes et de poires cueillies dans la campagne : il n'avait plus osé s'adresser à quiconque. Ses pensées tournaient sans cesse dans sa tête. Durant cette quinzaine, il était cent fois passé de la colère au chagrin, puis à la rancœur, au désespoir, sous ce ciel terne et maussade. Il avait été trempé par les pluies d'automne, séché par le vent. Il se moquait de tout.

Enfin, un matin, le soleil illumina la terre. Le temps était doux ; on se serait presque cru dans la vallée de Neposus. Netra se réveilla gai. Sans savoir pourquoi. Le soleil, peut-être... Il sentait pourtant dans son cœur un relent d'amertume, et chercha à se rappeler ce qui lui laissait cette désagréable sensation... Il fallait qu'il trouve, sinon cette impression lui gâterait sa journée. Il fallait, de toute urgence, apporter une solution. Tout à coup, il se rappela : c'était sa bosse ! Cette pensée l'attrista un peu, mais la journée était trop belle. Netra respira profondément, puis éclata de rire : bon, il avait une bosse..., cela n'était pas une raison pour se gâcher l'existence. Ça ne changeait rien, finalement ! Bon, il avait une bosse... il avait une bosse... c'était tout ! Il faudrait bien vivre avec ! Il suffisait de l'accepter. Certains ont une bosse, d'autres des cors aux pieds (c'est bien plus douloureux), d'autres ont mal aux reins, les jambes difformes ou la méchanceté au cœur.

– Je ne suis pas si mal servi, se dit Netra, je peux marcher, je peux voir, je peux entendre, c'est déjà bien !

Il avait parlé tout fort et les mots le réconfortèrent.

« Je n'aurais pas dû dire du mal des mots, pensa-t-il. Ils sont bien utiles : maintenant que j'ai réussi à exprimer ma pensée, tout devient plus clair ! »

Il reprit son bâton et se mit à marcher d'un bon pas, en sifflotant. Il trouvait l'air parfumé, le soleil doux, le vent revigorant. Il était gai.

Au soir de cette belle journée, il décida de demander asile dans une ferme.

Il était parvenu aux abords d'une grande ville, traversée par un large fleuve. Il se rappela les descriptions de Boren : il approchait de la Bretagne. Il contourna la ville, puis longea le fleuve jusqu'à ce qu'il trouve un passeur qui le mène de l'autre côté de la rivière, et là, il s'arrêta dans la première ferme venue.

Dans l'unique pièce de la maison, cinq enfants étaient attablés pour le repas du soir. Un homme fumait la pipe au coin du feu. Tout de suite, Netra fut invité par la mère de famille : on ne refuse pas l'aumône à un mendiant, ça porterait malheur. On lui désigna un petit tabouret à trois pieds, dans un coin de la pièce. Était-ce sa bosse qui lui valait d'être éloigné de la table familiale ? Netra n'osa pas poser la question et avala sans rien dire la bouillie de fèves, dont il se régala. Voilà bien longtemps qu'il n'avait pas eu de repas chaud.

Personne ne disait mot. L'atmosphère se faisait pesante. Déjà, la nuit était tombée.

Soudain, on entendit un hurlement au-dehors. La mère tressaillit et se signa. A cet instant, la porte s'ouvrit toute grande, et un chien terrorisé se précipita dans les pieds de Netra ; il portait à la cuisse gauche une trace de profonde morsure. Derrière lui, un jeune homme s'encadra dans la porte. Il était grand et bien fait, mais Netra fut surpris par l'expression de son visage : ses yeux luisaient, durs et perçants, et de la bave sortait de sa bouche par la commissure des lèvres.

– Mon enfant ! dit la mère d'une voix angoissée. Mon enfant !

Le jeune homme s'assit à table et regarda Netra avec un sourire terrifiant qui découvrait des dents longues et pointues. Netra sentit ses cheveux se hérisser. Le jeune homme plongea la main dans la marmite de soupe et en sortit le lard, dont il arracha de gros morceaux avec ses dents ; puis, dans un bond, il s'accroupit et quitta la maison à quatre pattes.

Les enfants semblaient épouvantés. Personne ne bougeait. Alors, on entendit tout près les cloches de l'église qui sonnaient à toute volée.

– C'est la troisième nuit des cloches, souffla la mère. As-tu vu, dit-elle plus fort à l'intention de son mari, il commence à marcher comme...

Elle ne finit pas sa phrase. On aurait dit qu'elle avait peur de ses propres pensées.

Sans mot dire, le père avait quitté la maison. Lorsqu'il reparut, un court instant après, il portait une faux sur l'épaule.

– Oh ! s'exclama la mère en roulant des yeux effarés.

– Il le faut, dit simplement le père.

Puis à l'intention de Netra, il ajouta :

– Viens avec moi, toi ! On ne sera pas trop de deux.

Netra n'était pas fier, mais il sortit derrière l'homme.

– Ne répète jamais, dit celui-ci d'un ton sévère, ne répète jamais ce que tu as vu, n'est-ce pas ?

Netra fit un signe négatif. Il commençait à être vraiment inquiet. Baissant le ton, l'homme se fit plus confidentiel :

– Tu as vu que mon fils est devenu loup-garou : il a mordu le chien, sonné les cloches trois nuits de suite... la quatrième nuit, il essayera de nous dévorer, sa mère et moi. Il faut le délivrer.

Netra ne comprenait pas. Délivrer un être qui semblait libre et qu'il aurait plutôt fallu enfermer ?

– Ne vaudrait-il pas mieux le capturer ? demanda-t-il timidement.

L'homme lui jeta un coup d'œil étonné :

– Tu n'es pas d'ici, toi !... Ce n'est pas de sa faute, tu sais, s'il est devenu loup-garou : c'est parce qu'il a vu un crime et qu'il n'a pas dénoncé l'assassin... mais vraiment, il ne pouvait pas... Il faut que je fasse couler son sang pour le libérer de ce maudit enchantement.

La nuit était claire. L'odeur qui montait des marécages donnait la nausée. Un hurlement de loup déchira la nuit. Netra sursauta, mais l'homme n'avait pas hésité : plongeant dans les fourrés d'où venait le cri, il se jeta sur le loup-garou. Plusieurs fois, il se fit mordre, mais il tenait bon et réussit à l'assommer d'un grand coup de poing.

– Prends-lui les jambes ! cria-t-il à Netra.

L'enfant souleva les pieds du loup-garou évanoui, tandis que l'homme le tenait sous les aisselles. Ils le portèrent ainsi jusqu'à la rivière. Puis le père alla chercher sa faux et, à la volée, lui trancha la tête.

Netra ne se sentit pas bien. La tête lui tournait. Il vit comme dans un rêve l'homme jeter la tête dans le fleuve. Alors, un monstre gluant sortit de l'eau et l'avala, pour disparaître immédiatement dans les flots, en provoquant d'énormes remous.

Le regard terrorisé de Netra tomba sur le malheureux jeune homme étendu par terre..., mais... il avait de nouveau sa tête, il se soulevait, il bougeait ! Il serrait l'homme dans ses bras ! Le père riait.

– Allons, viens, toi aussi, dit-il à Netra stupéfait. Nous allons fêter cela !

La nuit fut gaie. Pour la première fois de sa vie, Netra but du vin. Il se sentait l'esprit un peu confus et finit par s'endormir, la tête sur la table.

Quand il se réveilla, il ne comprit pas ce qui lui était arrivé. Il avait la tête douloureuse et l'estomac lourd. Il essayait de se rappeler ce qu'il avait bien pu manger la veille au soir pour se trouver dans cet état, quand la femme apparut sur le seuil.

– Ah ! Te voilà réveillé, bossu ! Eh bien, sais-tu, c'est vrai que la bosse porte chance : nous avons sauvé notre fils..., mais, dis-moi, on dirait que tu n'as pas fini de cuver ton vin !

Netra plissait le front pour essayer de saisir le sens de ces paroles :

– Mon vin ?

– Dame, tu en as bu au moins quatre bols, hier soir, et ça n'avait pas l'air d'être ton habitude : tu t'es endormi tout de suite.

– Ah !

L'enfant était déconcerté.

– C'est le vin qui m'a fait cet effet-là ?

– Dame ! Tu ne voudrais quand même pas que ce soit la bouillie de fèves !

Netra fixait sur la femme des yeux sceptiques.

– Tu es drôle ! continua celle-ci, un peu surprise, saoul ou à jeun, tu n'es pas bavard ! D'autres racontent leur vie, pleurent ou rient, mais toi, le vin ne te délie pas la langue : tu n'as pas dit trois mots !

Netra restait muet.

– Allons, reprit la femme. Ne fais pas cette tête-là, bossu, ça arrive à tout le monde !

« Ça » arrive à tout le monde ?... Eh bien, non ! A lui, « ça » n'arriverait plus ! Et s'il avait parlé... Décidément, il ne faisait que des sottises, il ne connaissait vraiment rien de rien, il était l'être le plus niais qui se puisse. Neposus avait bien mal choisi son disciple !

– Il est temps que je parte, dit-il comme s'il se parlait à lui-même.

La femme resta un moment silencieuse, à le contempler.

– Tu es drôle, dit-elle au bout d'un moment, mais tu nous as redonné le bonheur. Je vais te préparer de la nourriture pour plusieurs jours : je trouve que tu l'as bien gagnée, bossu.

Netra quitta la ferme après le repas de midi. Il marchait d'un air absent. Il ne songeait plus au loup-garou, ni au monstre visqueux, non plus qu'au vin ou à la bouillie de fèves, il pensait seulement que personne ne lui avait demandé son nom, et qu'on s'était contenté de l'appeler « bossu ».

Cette réflexion raviva sa douleur, mais il la chassa bien vite, puisqu'il avait décidé que sa bosse ne serait plus pour lui un problème. Pourtant, s'il réussit assez bien à éliminer cette pensée de son esprit, elle persista sous forme d'une douleur lancinante au fond de son cœur.

Depuis qu'il avait quitté la grotte des ours, Netra n'avait pratiquement pas songé aux razzaks. Il y avait tant pensé avant son départ, qu'il avait l'impression qu'il s'agissait d'une vieille affaire déjà résolue. Mais quand il comprit qu'il arrivait en Bretagne, il s'obligea à aiguiser ses sens. De temps en temps, il s'entraînait à regarder fixement une feuille, ou un nuage, jusqu'à ce qu'il en distingue tous les détails. Parfois, il s'asseyait, fermait les yeux et écoutait. Il restait là, sans bouger, tant qu'il n'avait pas réussi à identifier tous les bruits qui lui parvenaient : il était extrêmement important de pouvoir distinguer le craquement d'une feuille sous un pas, du froissement de la feuille agitée par le vent, de savoir si le cri de la bergeronnette était un appel de détresse, l'avertissement d'un danger, ou la réponse à un autre oiseau.

Un jour qu'il s'entraînait ainsi, il distingua entre les feuilles, lointaine, une tache claire. Il s'approcha doucement, s'obligeant à marcher sans que le bruit de ses propres pas ne lui parvienne aux oreilles, et se cacha derrière le tronc d'un orme.

Une femme se penchait sur une fontaine. Elle était enceinte ; de cela Netra était sûr, car Neposus lui avait bien expliqué sa naissance. La femme tenait dans chaque main un petit vêtement de tissu, qu'elle déposa sur l'eau. Les petites chemises flottèrent un moment, puis l'une des deux sombra. La femme les repêcha alors toutes deux et, serrant sur son cœur la chemise qui avait surnagé, elle s'enfuit en riant.

Netra n'était pas le seul à observer la scène. Une vieille dame se tenait de l'autre côté de la fontaine, et l'enfant ne l'avait tout d'abord pas vue. Elle leva la tête, aperçut Netra, et lui dit d'un air émerveillé :

– C'est un garçon ! Elle va avoir un garçon ! Tu as vu, c'est la petite chemise de garçon qui a flotté..., c'était très net..., et la chemise de fille, plouf, elle a coulé à pic !

La vieille se frotta les mains.

– Un garçon, répéta-t-elle, un garçon ! Ça va faire des bras pour la ferme...

Elle contempla un moment Netra, puis ajouta d'une voix traînante :

– Faudra veiller, par exemple, à ce qu'il n'aille pas ramener la houe de la forge en la tenant par le tranchant ! C'est ça que tu as fait ?

Netra crut qu'elle s'était adressée à quelqu'un d'autre, mais non, elle le regardait bien en face.

– Pardon, dit-il.

– C'est-y ça que tu as fait ?

– Quoi, « ça » ?

– Ben..., rapporter la houe par le tranchant !

Netra ne saisissait pas.

– J'te demande, reprit la vieille, têtue, si c'est pour ça que t'es bossu...

– Non..., dit Netra sourdement.

– T'es né comme ça, alors ?

– Oui...

Netra n'en savait rien, mais il n'avait plus envie de parler. Il voulait partir.

L'automne tirait à sa fin et, chaque nuit, le froid se faisait plus vif. Depuis qu'il avait quitté la montagne, Netra n'avait plus d'étape prévue, de refuge préparé, de couvertures moelleuses l'attendant. Il ne possédait qu'un petit sac de toile vide. Neposus ne lui avait même pas donné le moindre objet magique. « Tu ne pourras, avait-il dit, compter que sur toi-même. Je ne peux pas t'aider : le moindre signe de magie sur toi pourrait entraîner ta mort ; chaque sorcier, chaque enchanteur a ses propres sortilèges, et il serait aisé à Falcosi de repérer ma marque.

N'oublie pas que tu es un voyageur ordinaire. Agis de façon normale. Ne te montre pas trop, mais ne te cache pas non plus, cela éveillerait les soupçons. En un mot, sois n'importe qui. »

Netra essayait d'être comme tout le monde. Il s'arrêtait dans les fermes, où on lui offrait la soupe le soir. Il constatait que les paysans nourrissaient une certaine estime pour les mendiants, qu'ils traitaient avec bienveillance. Il avait pensé tout d'abord qu'ils étaient bons, mais, peu à peu, il changea d'opinion : le paysan ne donnait pas, il échangeait un repas contre quelques nouvelles. Quand il eut saisi cela, Netra ouvrit les yeux et les oreilles, se tint au courant du prix du blé, des naissances ou des mariages dans les villages qu'il traversait : il pourrait les raconter au village suivant. Il savait maintenant que c'était cela qu'on attendait de lui, et qu'il pouvait, lui aussi, donner quelque chose.

Depuis que le froid s'était accentué, Netra passait ses nuits dans les greniers, tantôt sur des bottes de paille, tantôt sur du foin, beaucoup plus moelleux, mais qui avait le gros inconvénient, Netra l'apprit vite à ses dépens, de provoquer chez lui d'incoercibles éternuements.

Jusqu'à présent, son voyage lui plaisait : il apprenait des foules de choses nouvelles chaque jour, et surtout, il avait l'impression d'être en train de devenir quelqu'un, une personne distincte des autres, parce qu'il commençait à avoir des souvenirs, et que l'ensemble de ces souvenirs n'appartenaient qu'à lui.

Il découvrait qu'il était, comme chacun de nous, un être absolument unique.

Cette pensée le réconforta : du moment que chaque personne est unique, dans son esprit et dans son histoire, pourquoi être chagrin que son dos ne soit pas plat, comme celui de la plupart des autres ? Son dos, c'était une partie de sa personnalité !

Sachant que le plus sage était de rencontrer Soriat, il continuait à marcher vers le nord.

Comme c'était souvent le cas à la fin de l'automne, un froid sec et vif glaçait le ciel bleu. Le soir tombait lorsque Netra frappa à la porte d'une maison signalée par une enseigne en forme de ciseaux.

« C'est ici la maison d'un tailleur », se dit l'enfant.

Le silence était total. Netra frappa encore trois grands coups.

Il entendit alors un petit pas trottinant qui s'approchait de la porte, et une voix étouffée demanda :

– Qui est là ?

– Un voyageur, répondit l'enfant.

La porte s'entrebâilla et Netra se glissa dans la douce chaleur de la pièce. Dans un angle, entre la fenêtre et l'âtre, étaient entassés des rouleaux de grosse toile, de celle qui servait à faire les braies des paysans. Devant le feu, on avait dressé la lourde table de bois, luisante de propreté.

L'angle opposé était occupé par un lit bas, où gisait un homme extrêmement pâle.

– Que ta bosse te soit légère, mon petit ! dit doucement la femme.

Netra fut surpris. C'était la première fois qu'on montrait pour lui de la compassion. Cela le gêna un peu, car il n'avait nulle envie d'être plaint. Il était comme il était, il n'y avait ni à se réjouir, ni à se lamenter.

– Mon mari aussi, est bossu ! ajouta la femme d'un ton confidentiel, en désignant l'homme allongé.

A ce moment, l'homme grogna faiblement :

– Qui est là ?

– Un bossu, mon ami ! dit la femme.
– Montre-le !
Netra s'approcha du lit, et sentit la main maigre de l'homme agripper la sienne. Il était mal à l'aise.
– Tu es comme moi, hein, petit !
Netra hocha la tête. Il disait « oui » pour ne pas contrarier le bonhomme, mais il ne se sentait aucun point commun avec lui. Ce n'est pas parce que leur dos présentait la même particularité, qu'ils se ressemblaient ! L'homme était vieux, marié, tailleur, villageois, et des tas d'autres choses encore, tandis que l'enfant était jeune, célibataire, voyageur en mission importante, gai, orphelin de père, disciple de Neposus et ami de Boren, brun, marqué d'une grosse ampoule au pied, affamé, bref, toutes choses que l'autre n'était sûrement pas.

La femme entraîna Netra à la table et insista pour qu'il mange à en perdre le souffle : de la soupe, du pain, du lait, une omelette et même de la viande. Netra n'en pouvait plus ; il avait l'impression que son estomac allait éclater.
La femme le regardait manger avec des yeux brillants. Elle attendit qu'il ait achevé son repas avant de dire :
– Ça fait trente ans que nous sommes mariés.
Elle désigna d'un mouvement de tête le lit du coin.
– Eh bien, je te dirai que je ne l'ai jamais regretté. Pourtant, les débuts ont été difficiles ! Mes parents ne voulaient pas de ce mariage : leur fille, épouser un bossu ! Mais ils ont cédé..., ils m'aimaient bien, au fond. Le jour du mariage, tous les enfants du village nous ont suivis en tapant sur des casseroles et en criant : « Le bossu se marie ! Le bossu se marie ! », et quand nous sommes arrivés à la maison, nous avons trouvé, clouée sur la porte, une chouette morte. Ensuite, les gens ont bien regretté leur méchanceté, car ils ont vu combien mon mari, tout bossu

qu'il était, faisait un bon époux... et nous avons eu les plus beaux enfants du village.

La femme eut un sourire attendri, puis elle se reprit :

– Mais je bavarde, je bavarde, et tu dois être bien fatigué. Tu peux monter dormir au grenier, tu auras bien chaud.

Allongé au sommet du tas de foin, Netra n'arrivait pas à trouver le sommeil. Il sentait dans ses narines les picotements annonciateurs d'une crise d'éternuements. Il se pinça le nez : il ne voulait pas réveiller le malade. Les picotements cessèrent bientôt. Netra voyait, par un trou dans le chaume du toit, la lune toute ronde. Il fermait un œil, puis l'autre, et cela lui donnait l'impression que la lune dansait, sautait d'un côté à l'autre du trou.

Alors, sa pensée vola vers sa vallée, vers ses amis qui aimaient tant contempler le ciel de nuit. « Neposus, murmure-t-il, Neposus... » Il revit pour la millième fois Falcosi ramassant le grimoire, et sentit soudain descendre en lui une force qu'il ne connaissait pas. Neposus pouvait avoir confiance : jamais lui, Netra, tout enfant, tout bossu qu'il était, ne permettrait que Falcosi s'approprie Antaerus.

Brusquement, il fut ramené à la réalité par un curieux bruit, sourd d'abord, puis de plus en plus net. On eût dit le grincement d'une roue... et qui se rapprochait. Netra en était sûr : c'était une charrette.

Qui donc pouvait rouler ainsi à pareille heure, avec des essieux si mal huilés ? Le grincement était désagréable, voire inquiétant, et vous laissait au cœur une impression pénible.

L'enfant se glissa jusqu'à l'ouverture du grenier, pour passer la tête au-dehors. Une charrette arrivait effectivement, une haute charrette menée par un homme tout de noir vêtu, et dont on ne distinguait pas le visage.

Subitement, le bruit cessa : le vieux cheval noir et

efflanqué qui tirait la voiture s'était arrêté devant la maison. Netra rentra vivement la tête. Il n'entendit plus rien. L'homme ne frappa pas à la porte. Etait-il entré ? Netra n'arrivait pas à le savoir. Il écoutait de toutes ses oreilles, mais pas un son ne lui parvenait. Tout à coup, il entendit la charrette se remettre en route, le pas lent du cheval, le grincement des roues ; le visiteur s'éloignait...

Netra fit glisser son regard par l'ouverture, et aperçut une dernière fois le sombre équipage. L'homme marchait à côté du cheval, et il portait sur son épaule un objet long qui fut soudain éclairé par un rayon de lune ; Netra eut alors la nette impression qu'il s'agissait d'une grande faux.

« L'Ankou ! se dit-il subitement. L'Ankou ! »

Il était atterré : comment n'y avait-il pas pensé plus tôt ? Et dire qu'il avait osé regarder !

Une bouffée de chaleur envahit ses joues, et, en même temps, il se rendit compte qu'il claquait des dents.

Le lendemain matin, Netra hésita à descendre dans la salle : il savait que l'homme était mort, puisqu'il avait vu l'Ankou venir chercher une âme... sûrement celle-là !

Il préparait son sac, lorsqu'il entendit du remue-ménage en bas. Un homme sortait de la maison, tenant dans sa main de longs morceaux de voile noir. Il monta la prairie en pente qui jouxtait la maison, et Netra remarqua alors une dizaine de ruches, alignées tout en haut du champ.

L'homme s'arrêta devant la première, et dit d'une voix forte :

– Je viens vous annoncer que le maître est mort. Je suis votre nouveau maître.

Il noua un morceau de voile noir sur la ruche, et passa à

la suivante. A chaque ruche, il avertit de la mort du maître et attacha un nœud noir.

L'agitation régnait dans la maison quand Netra descendit. Personne ne fit attention à lui. Des jeunes gens allaient et venaient. Seule, assise près du foyer, la femme pleurait silencieusement. Netra s'approcha, lui prit doucement la main et la lui serra sans rien dire. Les yeux embués de la femme se posèrent sur lui, mais l'enfant aurait juré qu'elle ne le voyait pas. Elle hocha la tête d'un air dubitatif, et laissa retomber sa main sur son tablier.

RAZZAKS

Netra aimait beaucoup demander l'hospitalité chez les meuniers. Il y apprenait quantité d'intéressantes nouvelles qu'il pouvait ensuite colporter à son tour.

Le meunier qui lui laissa le meilleur souvenir s'appelait Augustin. C'était un homme qui semblait assez vieux, sans qu'on puisse déterminer si ses cheveux étaient blanchis par l'âge ou par la farine. Il avait été le premier à ne faire aucune allusion à la bosse de Netra. S'en moquait-il ? Avait-il la vue basse ? Netra préféra ne pas se poser la question.

– Tu vois, fiston, expliqua-t-il, être meunier, c'est un bon métier, tu rencontres des tas de gens. Seulement, voilà, ils ne viennent que pour faire moudre et avoir les nouvelles. Ils veulent tout savoir, combien untel a apporté de sacs, si le petit du père Grégoire est plus fort que le fils du forgeron, si l'aînée à Margoton ressemble à son père ou à sa mère, si l'ânesse de la ferme aux trois pommiers a mis bas, et ceci, et cela. Ils sont contents mais quand ils partent, j'entends mes oreilles siffler : « Les meuniers sont des voleurs », « il en met plus dans son sac que dans le nôtre » et autres fariboles.

– Et..., ce n'est pas vrai ? plaisanta Netra.

– Off... P'têt' bien que, de temps en temps, je prends un peu plus de farine pour moi..., mais je ne prends qu'aux riches..., et seulement quand je les vois lorgner de mon côté pour essayer de compter une dernière fois leurs grains avant qu'ils ne deviennent poudre. Alors, rrran..., j'en fauche une bonne pelletée. Celle-là ne tombe pas dans leur sac.

Le meunier éclata d'un rire bon enfant.

– On raconte du mal du meunier, continua-t-il, mais quand on a une fille à marier, on se dit : « Un meunier, ça gagne bien ; ma fille, elle pourrait avoir des dessous de dentelle et du velours à sa robe. » Et un jour, je vois arriver la fille, qui vient faire moudre avec ses habits du dimanche. Alors, mine de rien, je lui envoie une giclée de farine sur sa robe, et je m'amuse comme un fou.

– Vous n'avez pas envie de vous marier ?

– Dieu non ! Moi, j'ai pour le moins cinquante printemps, que veux-tu que je fasse de toutes ces petites mijaurées dont je pourrais être le père ?

Il se tut un moment, puis, d'une voix bizarre, il continua :

– Tu vois, quand j'ai eu l'âge de prendre épouse, il n'y avait, dans tous les environs, que trois filles à marier, et nous étions cinq garçons. Il a bien fallu qu'il reste deux célibataires... Et pourtant, l'Anaïk me plaisait bien ! Un jour, pour te dire, je m'en vais avec mon costume du dimanche sur le chemin où elle devait passer. Je la vois arriver... Tu crois que je suis allé lui dire que je l'aimais, et que je l'aimerais tant que fleuriront les ajoncs [1] ?... Penses-tu ! J'ai murmuré : « Bonjour, Anaïk », et je suis parti en courant.

Après, pendant trois mois, je ne lui ai pas adressé la parole. C'est à peine si j'osais la regarder. Et puis enfin, un dimanche, je me suis fait beau. Je m'étais dit : « C'est aujourd'hui, mon gars, que tu vas la demander. » Je mets mes plus beaux habits, le costume que mon père portait pour son mariage, et je me poste sur le chemin... Et

(1) Les ajoncs fleurissent toute l'année.

qu'est-ce que je vois ? L'Anaïk qui arrive en riant avec le François. Mon sang n'a fait qu'un tour, et je lui ai crié : « Va-t'en ! ». Et puis, j'ai refusé de la revoir... Ah, mais !

Après... (sa voix trembla un peu), après, elle s'est mariée au charron..., au charron ! Et elle pleurait le jour de ses noces. Parce que tu vois, mon gars, depuis qu'on était mômes, l'Anaïk et moi, on s'aimait... depuis qu'on était mômes...

Netra passa cette nuit-là sur des sacs de farine. Il bougeait le moins possible pour ne pas faire voler la poussière blanche qui lui entrait dans la bouche et le nez, et lui donnait l'impression d'étouffer. Mais, tout en sachant parfaitement qu'il devait éviter tout mouvement, il ne pouvait s'empêcher de se tourner et de se retourner. Il pensa même qu'il ne s'était jamais autant senti l'envie de bouger que depuis que cela lui était interdit.

Ses mouvements intempestifs finirent par saturer l'air de farine. Il avait du mal à respirer. L'insidieuse poudre lui collait à l'intérieur des narines, lui donnant envie de déglutir sans cesse. Il décida de sortir pour s'aérer un peu.

L'air était léger, sec et froid. Pas un nuage ne séparait la terre des étoiles. La nuit s'annonçait claire et belle.

Netra aspira profondément, s'amusant à envoyer l'air jusqu'au fond de ses poumons. Il posa la main sur son ventre pour le sentir se gonfler. Puis il s'appliqua à respirer plus légèrement, en gardant l'air juste au niveau de la poitrine. Mais c'est la première façon qui lui donnait, cette nuit, le plus de satisfaction, et il reprit ce qu'il appelait en lui-même « sa respiration de ventre ».

Assis sur la margelle du puits, il écoutait le murmure de la nuit, si sereine en apparence, et pourtant si pleine de mystères. Il savait qu'au royaume de la nuit, mille dangers guettaient. Ainsi, qu'était cette lueur dans le lointain ? Il fronça les sourcils pour mieux voir..., mais non..., la nuit était uniformément sombre. Pourtant, il avait la nette impression qu'une lumière s'était allumée, puis éteinte. Il regarda fixement dans le noir : cette fois, il en était sûr, une lumière vacillante apparaissait et disparaissait à intervalles réguliers. Sans s'en rendre compte, Netra avait repris sa respiration légère, et sa poitrine se soulevait rapidement.

« C'est un feu follet ! », se dit-il avec angoisse.

Il se glissa dans le moulin et se blottit derrière les sacs de grain.

Il n'entendait aucun bruit mais, par la porte grande ouverte, il apercevait le clignotement incessant qui allait se rapprochant.

Il ignorait ce qu'il devait craindre au juste des feux follets, mais toutes les légendes que Boren lui avait racontées leur attribuaient une influence néfaste.

La lueur approchait, dansante, furtive, puis brillante, et Netra perçut soudain un étrange bruit, qui semblait ponctuer chaque balancement. Les feux follets frappaient-ils le sol en sautant ? Le claquement se faisait de plus en plus proche. Netra ne bougeait plus. Tous ses muscles étaient tendus, aussi, quand soudain il entendit tout près de lui : « Oho ! », il fit un bond involontaire.

– Ho ! L'Augustin ! cria une voix. Réveille-toi, meunier !

Une femme se tenait dans l'encadrement de la porte. Elle souleva la lampe qu'elle portait à la main et aperçut Netra.

– Le meunier n'est pas là ? demanda-t-elle d'une voix inquiète.

– Si, répondit faiblement l'enfant qui avait du mal à se remettre de ses émotions.

– Voilà ! dit la voix du meunier au-dessus de leurs têtes.

L'homme se laissa glisser par le trou qui ouvrait sur l'étage et atterrit souplement aux pieds de Netra.

La femme posa sa lampe sur la table. Netra s'aperçut alors qu'elle était enveloppée d'une ample cape noire qui devait, durant sa marche, tantôt cacher, tantôt découvrir la lampe. Il eut honte de sa peur. Feu follet !... Il avait cru à un feu follet !

La femme sortit de sa cape une poule noire, et dit à mi-voix :

– Nous voilà au premier croissant de lune. Je te la donne. Elle me vient de mon cousin, au nord des monts, mais prends garde ! Avant que ne brille le dernier croissant, tu devras la remettre à un autre, sinon...

Augustin avait pris la poule. On entendit sonner sur le chemin les sabots de la femme qui s'éloignait. Le meunier sourit rêveusement, puis il dit à voix basse :

– Tu vois cette poule, petit ?... Eh bien, elle pond de l'or ! Si tu veux, quand le soleil quinze fois se sera couché, je te la donnerai. Tu pourras être riche à ton tour, mais il faudra qu'avant quinze autres jours, tu l'aies donnée à quelqu'un d'autre !

– Merci ! répondit Netra avec hésitation. Mais que ferais-je de cet or ? Je n'ai besoin de rien... et puis, je ne peux pas rester... Je te remercie pour tout, Augustin, mais je dois maintenant m'en aller. Je garderai de toi le meilleur souvenir.

Il ramassa son baluchon, salua le meunier, puis s'enfonça dans la nuit.

« Drôle de bonhomme, se dit le meunier. Pourquoi part-il au milieu de la nuit ? »

Pourquoi ?... Netra avait décidé de marcher cette

nuit-là pour se punir..., pour se punir de sa peur idiote, de son manque de jugement.

« Il faut que je m'aguerrisse, que je connaisse la nuit en cette contrée pour ne plus me laisser surprendre. Pourquoi ai-je plus facilement peur lorsqu'il fait noir ? »

Il en vint à la conclusion que ses craintes venaient de son ignorance : il ne sortait presque jamais la nuit, et les êtres de l'ombre lui demeuraient inconnus. Il décida donc que, de temps en temps, il marcherait après le coucher du soleil, pour s'habituer.

Ses pas l'avaient conduit dans les bois. Les avait-il d'ailleurs jamais quittés ? Il lui semblait que le monde était une immense forêt, parsemée de clairières plus ou moins vastes, où se reposaient les villages. C'était si différent de sa vallée où chaque arbre, familier, le caressait de ses longues branches, où chaque buisson était un ami...

Ici, il lui semblait que les arbres étaient moins humains, plus indépendants, plus impénétrables à l'homme. Que pensaient-ils ? Quels soucis agitaient leurs branches ? Que signifiaient ces craquements secs ?

Netra éprouvait une certaine crainte des bois. Trop d'arbres, trop de buissons, trop d'embûches. Il se força à sourire.

« C'est la nuit, se dit-il, qui m'inspire ces pensées. Je joue à me faire peur. Ce ne sont pas les arbres qui m'effraient, mais ma propre imagination. »

Son sourire se figea sur ses lèvres : un sifflement aigu lui vrilla les oreilles, suivi d'un autre, puis d'un troisième plus lointain. Ces sifflements, Netra les connaissait sans les avoir jamais entendus : c'était le cri de ralliement des razzaks.

Les razzaks ! La pire des rencontres ! Pourtant, Netra

ne sentait pas la peur. Parce qu'il les connaissait. Parce qu'il savait tout de leur façon d'agir. Parce que ces ennemis-là étaient ses ennemis personnels. Parce qu'il savait ce qu'il fallait faire : la fuite était le seul salut.

Dire qu'il n'avait pas de peur serait faux. Elle était en lui, jusque dans ses entrailles, mais il ne la remarquait pas, il l'ignorait, il la rayait : son esprit était occupé par la sauvegarde de sa vie.

Il s'arrêta net et ne bougea plus. Pas un mouvement. Ses yeux mêmes restaient sans battements, fixés dans la nuit. Il attendait. Devant lui, s'ouvrait une clairière. Il avait entendu trois sifflements ; il y avait donc trois razzaks, et pas plus. Il le savait : si un quatrième, présent, n'avait pas répondu immédiatement au sifflement d'appel, il aurait été tué sur-le-champ par ses congénères.

A dix pas de lui, une ombre ramassée sauta d'un arbre, rebondit sur une souche et roula jusqu'au centre de la petite clairière, brillamment éclairée par la lune.

Netra ne vit pas comment les deux autres étaient arrivées là, mais il y avait maintenant trois ombres courtes au milieu de la clairière. Il percevait des chuchotements presque inaudibles à une oreille moins exercée que la sienne. Les razzaks agitaient leurs longs bras noirs en parlant. Ils n'avaient pas remarqué la présence de l'enfant, ou peut-être n'avaient-ils pas le temps de s'en soucier, ignorant qui il était. Netra ne se posa pas plus de questions. Un seul mot sonnait à ses oreilles : fuir..., fuir..., fuir...

Avec calme, il recula d'un pas, sans faire le moindre bruit, puis de deux, puis de trois... La sueur lui perlait au front et il se mordait la langue sans s'en apercevoir. Il avait fait une vingtaine de pas en arrière, sans qu'un seul son ne mette les razzaks en éveil. C'était une chance inespérée : réussir à marcher à reculons sans être entendu, dans une forêt où la moindre brindille se fait un malin plaisir de se glisser sous vos pieds, où les racines bondissent au-dessus du sol pour vous accrocher au passage. Netra sentait que c'était presque miraculeux, et à peine cette pensée l'eût-elle effleuré, qu'il eut la sensation nette, incontestable, profonde, que Neposus l'aidait de toute la force de sa concentration. Alors, il se retourna et se mit à courir silencieusement, comme un loup aux abois.

Il courut longtemps, longtemps. Quand il s'arrêta enfin, il ne savait plus où il était. Les nuages, ou les frondaisons – il ne parvint pas à en décider – lui cachaient les étoiles. Le nord ? Où pouvait bien être le nord ? A gauche, à droite, ce n'étaient que buissons impénétrables, épines agressives et troncs entremêlés. Que faire ? Où aller ?

Netra essaya d'abord de se calmer, en adoptant peu à peu sa respiration « de ventre ». Les battements de son cœur se régularisaient, l'air faisait moins de bruit en s'engouffrant dans ses poumons. Il regarda autour de lui et resta stupéfait : là, ombres dans l'ombre, des loups, assis en demi-cercle, dardaient sur lui des yeux flamboyants.

Netra était trop essoufflé pour réagir immédiatement. Les yeux grands ouverts, il fixait une silhouette plus haute que les autres : un homme se tenait debout, bien campé sur ses deux jambes, les poings sur les hanches. N'arrivant pas à prendre la moindre décision, l'enfant s'entendit prononcer :

– Je me suis perdu...

Un grand éclat de rire lui répondit, qui fit trembler tous les arbres de la forêt.

– Eh bien ! dit l'homme d'une voix forte. C'est haut comme une tige de seigle et ça n'a pas peur du meneur de loups !

Il dévisageait l'enfant avec une expression indéfinissable, mi-cruelle, mi-ironique, qui semblait être uniquement destinée à troubler l'infortuné voyageur, puis il prononça lentement, sans quitter l'enfant des yeux, à l'intention des animaux :

– Allons, mes loups, laissons-le passer, ce brave ! Vous deux, Krapus et Folka, vous lui montrerez le chemin. Où veux-tu aller, graine d'homme ?

– Vers le nord, articula Netra avec difficulté.

– Alors, va ! Mes loups te mèneront jusqu'à l'orée de la forêt, mais prends bien garde à ne point tomber en route, car ils te dévoreraient !... Quand tu seras arrivé, n'oublie pas de donner à chacun un petit pain de froment et une galette de blé noir, pour qu'ils puissent faire le chemin de retour.

– C'est que..., dit timidement l'enfant, je n'en ai pas.

– Il n'en a pas !

L'homme leva les bras au ciel.

– En voilà donc, deux pains et deux galettes, et qu'on ne dise plus que les meneurs de loups ne savent pas être serviables !

Il partit d'un rire énorme, qui se répercuta sur les troncs et provoqua des fuites éperdues de renards et de lapins dans tous les fourrés. Netra en eut la chair de poule.

Les deux loups marchaient infatigablement, accordant leur rythme à celui de l'enfant. Avec une bête de chaque côté, Netra ne se sentait pas très rassuré. Il prenait garde aux pièges tendus par les racines et les vieilles souches, et bénit mentalement Boren de lui avoir si bien enseigné à assurer ses pas. Malgré l'obscurité, il ne fit pas la moindre chute ; ses pieds allaient tout seuls, choisissant leurs points d'appui.

Netra sentait le froid l'envahir peu à peu ; il craignait que ses orteils ne deviennent insensibles dans l'humidité glacée des sous-bois, et ne l'entraînent dans une chute.

Fort heureusement, le trio parvint alors à l'orée de la forêt. Netra donna à chaque loup sa part de nourriture, puis quitta les bois, laissant derrière lui les animaux repus le regarder partir d'un œil inexpressif.

DANGEREUSE ERREUR

Le jour s'était levé quand l'enfant pénétra de nouveau sous les arbres. Cette fois, le bois était petit, de quoi nourrir à peine les quelques porcs malingres qui glanaient faînes et glands. Le pays devait être pauvre, si on en jugeait à la taille des cochons et au délabrement des chaumières qui formaient un maigre hameau à l'orée du bois, et dont les murs de tourbe se fendillaient sous les minces toits de chaume à demi affaissés.

Netra n'osa pas s'arrêter pour mendier son pain, de peur de priver quelqu'un, mais une voix enjouée l'arrêta :

– Hé ! Où est-ce que tu vas ?

– Je voyage.

– Tu mangeras bien la bouillie avec nous !

– Ma foi..., dit Netra.

Il fut entraîné par une jeune femme souriante jusqu'à la table, ou plutôt la vieille porte sur tréteaux qui en tenait lieu. Un lit, une huche et deux bancs constituaient tout le mobilier.

Sur la table, où fumait une grande marmite de bouillie, on avait soigneusement disposé quelques assiettes de bois.

– Ils vont bientôt revenir des champs, expliqua la jeune femme, mais si tu es pressé, mange avant ! N'aie pas peur, nous ne manquerons de rien. Les hommes ont rentré de l'orge, du seigle et du froment pour toute l'année. Nous ne craignons donc pas la famine, et nous allons même pouvoir réparer le toit : le père s'est arrangé pour avoir du chaume.

La femme était gentille et gaie, le feu réconfortant, la bouillie délicieuse, et Netra sentait ses membres s'engourdir de bien-être. Les hommes, attablés tous ensemble, parlaient bruyamment. On réclama des nouvelles du pays plus au sud, de la récolte, du prix du pain, de la grosseur des cormes, du contenu des greniers. On parla du temps qu'il avait fait, qu'il allait faire, on se rappela les années de famine, cet hiver si froid où les pierres se fendaient, les poules qui avaient ou n'avaient pas pondu, les vaches dont le lait s'était tari...

Netra finit par s'assoupir.

Il fut tiré du sommeil par une voix à la fois douce et moqueuse :

– Allons, mon gars, te réveilleras-tu pour la soupe ?

Le soir était tombé, et le vent soufflait au travers des déchirures du toit. L'enfant ouvrit les yeux, et se vit allongé sur le grand lit, tandis que toute la famille était à table.

– C'est de la soupe aux pois ! continua son hôtesse, les yeux brillants. Une vraie soupe de jour d'abondance !

La joie contenue qu'il devinait dans la voix de la femme interdit à Netra d'avouer son manque d'enthousiasme pour les pois. Il prit place au bout du banc, et mangea en souriant, espérant que son sourire remplacerait les paroles qu'il n'avait pas le courage de prononcer.

Le repas était à peine fini, que déjà il reprenait son sac.

– Tu ne vas pas partir dans ce vent ! s'étonna le père.

– Je le dois.

– Mais, protesta la jeune femme, la nuit...

Elle baissa la voix ;

– Les fées...

Netra s'inquiéta :

– Elles sont méchantes ?

– Ça dépend, continua la femme. Des fois oui..., des fois non... En tout cas, il vaut mieux ne pas les rencontrer !

Netra réfléchit un moment, puis, d'un ton décidé :

– Je les éviterai !

Il ne réussit pas à les éviter. Il ignorait, imprudent qu'il était, que son chemin le conduisait droit sur leur repaire, droit sur la Roche aux Fées. Quand il s'en rendit compte, il était trop tard : au clair de lune, à deux pas de lui, une femme merveilleuse et presque transparente peignait ses longs cheveux. Ses voiles blancs s'agitaient doucement dans le vent. Elle fredonnait :

Mon ami, mon ami, dis-moi qui tu es
Dis-moi quel est ton nom, bel ami...

Netra ferma les yeux de toutes ses forces : il savait qu'on ne doit pas regarder une fée qui se peigne.

Soudain, la voix se tut. Toujours immobile, l'enfant souleva lentement les paupières : la fée avait disparu.

Il entendit alors, dans le lointain, un chant léger et gracieux, et ne put résister au désir de s'en approcher. Là, sur le sommet de la colline, une vingtaine de créatures vaporeuses dansaient en se donnant la main, au son d'une chanson dont Netra ne comprenait pas bien les paroles, mais qui semblait dire :

Qui voudra, qui voudra, danser avec moi
Qui viendra accompagner mon chant
De sa belle voix.

Netra était subjugué : la danse était si gracieuse, le chant si entraînant...

Pour la dixième fois, les fées reprenaient en tournant :

Qui voudra, qui voudra...

Netra balançait la tête au rythme de la musique, et, sans en prendre conscience, se mit à fredonner doucement, puis plus fort, et c'est avec étonnement qu'il entendit soudain le son de sa propre voix conclure :

– ... De sa belle voix.

Aussitôt, les fées se précipitèrent sur lui, pour l'entraîner dans leur danse effrénée. Netra sauta, tourna, il ne pouvait plus s'arrêter. Ses pensées roulaient dans sa tête, il se disait : « Pourquoi ai-je chanté, malheureux que je suis ? Je devrai maintenant danser jusqu'à ce qu'un autre étourdi prenne ma place ! »

Au petit matin, Netra ne pensait plus. Il avait l'impression de dormir en dansant. Il ne savait plus s'il tournait ou si c'était seulement sa tête qui lui faisait mal, s'il avait le vertige ou s'il avait trop mangé. Il se sentait usé, vieux, perdu. Ses pieds étaient en sang. Il perdit connaissance.

La conscience lui revint peu à peu, éveillant confusément une sensation de chaleur aux pieds et de fraîcheur à la tête. Ce n'est qu'avec peine qu'il se résolut à entrouvrir les yeux. Il faisait nuit. Etait-ce la même nuit ? Etait-ce une autre ? Netra se fit la remarque qu'il ne dansait plus, et cette seule pensée lui fut d'un grand réconfort.

– Ouvre les yeux, si tu es éveillé ! dit une voix mélodieuse auprès de son oreille.

Il sursauta. Une fée aux yeux doux et caressants se penchait sur lui.

– Eh bien ! Jeune imprudent ! dit une autre voix presque semblable à la première. Tu as de la chance que notre reine t'ait reconnu : tu vois, tu n'es pas mort !

La fée qui avait parlé filait sous un arbre tout proche.

Netra n'y comprenait rien. Il souleva sa tête douloureuse et, d'une voix lasse :

– Elle... m'a... reconnu ?

– Je veux dire, reprit la fée, qu'elle t'a reconnu pour quelqu'un..., pour quelqu'un d'important, pour quelqu'un, en un mot.

– ... ?

– Je crois, dit la première fée, qu'il n'a pas bien regardé son visage, ni ses mains.

Netra leva ses mains devant ses yeux :

– Qu'ont-elles, mes mains ?

– Ce sont des mains..., des mains de quelqu'un qui n'est pas n'importe qui.

Netra renonça à obtenir une explication plus claire, et laissa retomber sa tête.

– Notre reine, reprit la première fée, m'a dit de te soigner. Tu vas mieux, maintenant : il te faut partir !

– ... partir...

L'enfant ne se sentait aucun courage.

– Tu sais ce que je vais faire pour toi ? Je te prête un âne. Il te mènera tout le jour prochain, mais, au crépuscule, laisse-le s'en aller !

Netra hocha la tête en portant la main à son front. Il y sentit un linge frais qu'il ôta doucement pour s'asseoir. Ses pieds étaient bandés, et on avait rattaché, par-dessus les fines toiles, ses brodequins de cuir.

La journée qui suivit ne laissa à Netra qu'un souvenir confus. Il était assis, ou plus exactement affalé sur un âne dont il ne remarqua ni la taille, ni la couleur. Une seule chose resta gravée dans son esprit : l'âne avait le poil dur. Pendant plusieurs jours, il porta au visage les irritations provoquées par le frottement de sa peau sur l'encolure de l'animal. Il supposa après coup qu'il avait dormi durant tout le voyage, la tête roulant d'un côté et de l'autre de la crinière.

Quand le soleil éteignit son dernier rayon, l'âne s'arrêta. Péniblement, Netra mit pied à terre. Il avait la tête bourdonnante et nulle envie de chercher son chemin dans le soir tombant, d'autant plus qu'il apercevait, à quelques pas, la dernière maison d'un petit village..., ou plutôt non, cela semblait être un grenier. « Tant mieux, se dit-il en se passant la main sur le front, je n'aurai pas à parler. »

Il grimpa lentement les barreaux de l'échelle et se glissa dans la paille.

C'est le chant du coq qui le tira d'un sommeil profond, en même temps que d'un rêve étrange : il était dans une pièce immense, démesurée, dont on n'apercevait pas le plafond. Des armoires, très hautes, couvraient tout un mur et semblaient vouloir rejoindre le plafond dans l'infini. La pièce était divisée en plusieurs petites salles par des rideaux et des meubles disposés dans tous les sens, et des enfants couraient partout.

Netra prit sa tête entre ses mains, puis se frappa le visage pour se réveiller. La nuit était encore noire ; le coq paraissait bien matinal ! Toutefois, il valait mieux quitter ce refuge avant qu'on ne s'aperçoive de sa présence, et qu'on ne le prenne pour un rôdeur.

Netra mit la tête dehors. Las ! Le temps avait changé : il pleuvait. L'enfant se rappela en effet n'avoir pas senti le froid, pendant la nuit : la pluie avait radouci la température, mais ne simplifierait pas sa marche !

C'est alors qu'il s'aperçut qu'il tenait toujours son bâton dans la main : depuis des lunes qu'il voyageait, il avait inconsciemment éduqué sa main à le serrer sans cesse, à tel point que celle-ci prenait instinctivement la forme du morceau de bois. Le sac de toile, par contre, avait disparu.

– Qui est là ? cria une voix.

Les premières lueurs du jour éclairaient une silhouette trapue. Netra sursauta. Comment l'homme avait-il bien pu le repérer ?

Il répondit d'une voix qu'il essayait de raffermir :

– Je suis un voyageur. Je me suis permis de dormir dans votre grenier, ne sachant où aller.

– « Ne sachant où aller ! » grogna l'homme. Et ça vous cause délicat, en plus !

– Yves ! intervint une voix de femme, ne te fais pas plus méchant que tu ne l'es. Tu l'as vu, hier au soir, monter à l'échelle, c't'enfant, et tu n'as rien dit. Alors, maintenant, c'est trop tard. Descends, toi, là-haut !

Netra fit ce qu'on lui demandait, et à peine eut-il posé le pied par terre, que la femme s'écria :

– Mais..., c'est un bossu !

Un long silence glissa. Netra ne savait que dire, n'arrivait pas à décider s'il devait se fâcher ou rire. La femme coupa court à ses atermoiements en décrétant :

– C'est une veine ! Un bossu, ça porte chance ! Où vas-tu, mon gars ?

– Je cherche Soriat, dit Netra qui pensait n'être plus très loin de la zone d'influence de l'enchanteur.

– Soriat ! Évidemment ! Quel est le voyageur, arrivant ici, qui ne cherche Soriat ? Eh bien, mon gars, tu prends le chemin que tu vois là, et tu le suis à travers bois sur une lieue environ, et tu vois sa maison juste devant toi.

Netra n'en revint pas : il se savait assez proche du domaine de Soriat, mais ne pensait pas que l'âne avait pu le conduire à pied d'œuvre. Il ne se souvenait pas, effectivement, d'avoir révélé aux fées sa destination.

Il s'apprêtait à repartir, quand la femme l'arrêta par le bras :

– Tu mangeras bien la bouillie avec nous autres !

Depuis combien de temps n'avait-il rien mangé ? Netra ne se le rappelait pas avec précision. Les jours filaient sans qu'il s'en aperçoive, et il n'était pas bien sûr d'avoir fait le nombre d'encoches voulues sur son bâton.

La bouillie était un peu fade, mais elle vous comblait délicieusement l'estomac ; cela redonnait courage pour reprendre la route. La pluie avait cessé.

Le soleil se levait à peine que les lavandières s'étaient déjà mises au travail. Elles étaient trois, au lavoir du ruisseau, et ne levèrent même pas la tête au passage de Netra.

L'une disait :

– T'as vu comment que Lenaïg regarde le Pierre à Margot ? Elle lui roule des yeux !...

– M'est avis, dit une autre, que le père s'ra pas d'accord. Qu'est-ce qu'il a, le Pierre ? Une chèvre et un bout de cottier qui ne nourrirait même pas un demi-homme pendant une semaine !

– Ta ta ta, dit la troisième.

Mais Netra n'entendit pas la suite, il était trop loin. La conversation dut s'étioler, car il perçut de nouveau le bruit sourd des battoirs qui frappaient le linge en cadence, ou plutôt à trois cadences différentes. Chaque lavandière tapait à un rythme qui lui était propre, aussi personnel que celui de sa respiration ou de son pas.

SORIAT

Soriat habitait une chaumière basse, à l'intérieur reluisant de propreté, et dont les meubles sombres brillaient d'un éclat tout uni, comme si on avait passé des jours et des jours à les frotter. Pourtant, pendant la semaine que dura le séjour de Netra chez l'enchanteur, pas une seule fois il ne le vit astiquer.

Le mobilier était cossu, et Netra n'en avait jamais vu autant dans une seule pièce. La huche, à elle seule, indiquait par sa taille imposante l'aisance du propriétaire. Deux grands coffres, une belle grosse table, plusieurs escabeaux, deux vastes armoires et trois bancs, sans compter la table basse et le lit surélevé, laissaient à penser que l'occupant des lieux ne manquait de rien. Pourtant, sa mise était simple, voire pauvre : Soriat portait une longue robe grise, sans autre ornement qu'une grosse ceinture de corde. Il rappelait, sans conteste, le vieux Neposus ; sa barbe, toutefois, était moins blanche et ses yeux plus rêveurs. Il semblait descendre tout droit des anciens druides.

A peine Netra se fut-il présenté à la porte, qu'il entendit la voix du vieil homme :

– Ah ! c'est toi ! Entre !

L'enfant fut surpris. Il se demanda si c'était bien à lui que cette invitation était adressée, puis bégaya :

– Euh..., pardon... Je..., vous faites sûrement erreur... Ce n'est sans doute pas moi que vous attendiez...

Soriat, assis de dos à la table, tourna lentement la tête,

et examina son visiteur d'un œil malicieux. Au bout d'un moment, il sourit :

– Je ne t'attendais pas ? Je ne sais plus... Peut-être ai-je rêvé ta visite ? Les gens vont et viennent, passent et disparaissent... ; mais toi..., il me semble bien que je t'attendais.

Netra revit nettement dans sa tête les circonstances de son départ : aucun doute n'était possible, seuls Boren et Neposus étaient au courant..., et ils étaient loin ! La seule explication vraisemblable était que le vieil homme avait rêvé cette entrevue. Rêve envoyé par Neposus ? Le pouvoir de concentration du maître était-il suffisant pour transmettre une pensée à un dormeur ?

– Allons, mon fils, apostropha Soriat. Reprends tes esprits et pose ton bâton : tu es arrivé. Oh ! Je sais ! Soriat est un rêveur, un distrait, un inconscient, mais il n'est pas fou. C'est même l'homme le plus sensé que je connaisse !

Il pouffa de rire dans sa barbe.

– Assieds-toi, petit ! Comment t'appelles-tu donc ?

– Netra.

– Eh bien, Netra, je vois que tu as perdu ton sac !

– ... Comment savez-vous ?

– Ah ! Ah ! s'esclaffa le vieillard avec bonne humeur. C'est parce que je suis un très grand magicien... Et c'est aussi que je connais bien mon vieil ami, ton maître : il n'aurait pas laissé un enfant partir sans un sac de victuailles !

Décidément, ce Soriat plaisait bien à Netra. Peut-être ne fallait-il pas trop compter sur lui, mais c'était un bon homme.

– Sais-tu, continua le vieillard tout à ses pensées, ce que je suis en train de mettre au point ?

Il attendit un moment, l'œil ironiquement interrogatif.

– Tu ne devines pas, hein ! Tu ne devineras jamais : la pommade du rire ! Ah ! Ah ! Ah ! Ça t'étonne, hein ! On se la passe sur le visage et le cou, et on se met à rire, mais à rire... !

Soriat gloussa encore puis, sérieusement, l'index didactique :

– Mais attention ! On rit vraiment et de bon cœur, et pas d'un rire superficiel : on est gai, profondément joyeux. C'est important, ça, hein ! C'est important contre les maux de la terre !

– Et, s'inquiéta Netra, comment s'arrête-t-on de rire ?

– Ah !...

Soriat semblait déçu.

– ... Evidemment... tu as mis le doigt sur le problème. Je me doutais bien, aussi, qu'il y avait un hiatus dans mon invention... C'est toujours comme ça... C'est ce que me disait mon père... un homme riche et considéré, mon père. Tiens ! Tous les meubles que tu vois ici viennent de sa maison. Ils sont beaux, n'est-ce pas ?... Un homme de goût, mon père...

Un court instant, Soriat eut le visage d'un orphelin perdu dans un monde trop grand pour lui, puis, sans transition, il dit d'un ton sérieux de vieillard expérimenté :

– Sais-tu que des bruits courent... et tous les bruits qui courent finissent toujours par se faufiler jusqu'à moi.

Il baissa la voix jusqu'à chuchoter :

– Je sais, je sais de science exacte, que les razzaks ont eu vent de l'arrivée d'un émissaire de Neposus. Par quel moyen ?... Qui sait ! Mais une chose est sûre : ils ignorent qui il est. Pour l'instant, tu ne crains rien, mais tu dois rester sur tes gardes et te méfier de tout, sans toutefois le laisser voir. Saisis-tu ?

Oui, Netra saisissait très bien. Sa situation était claire.

Comment les razzaks avaient-ils appris ?... Une brusque pensée traversa son esprit : son sac ! Il avait perdu son sac ! Les razzaks l'auraient-ils trouvé et senti sur lui l'odeur de Neposus ? Ces êtres malfaisants avaient des sens très développés, et ils étaient entraînés à reconnaître l'odeur du magicien qu'ils cherchaient. Mais si les razzaks le suivaient, c'est que Falcosi n'avait toujours pas réussi à jeter un sort à Antaerus, et c'était un point important.

Netra fut tiré de ses réflexions par un léger frottement. Il leva les yeux : un homme bien en chair se tenait sur le pas de la porte, raclant ses sabots sur le sol pour signaler discrètement sa présence.

– Ah ! dit Soriat. Nous avons de la visite ! Alors, Gurwann, aurais-tu des ennuis ?

– ... Si on peut dire, maître Soriat, ah oui – da, c'est sûr, j'ai des ennuis !

– Il se tut et jeta des regards qu'il voulait rendre éloquents sur Netra.

– Tu peux parler devant lui, rassura Soriat, c'est mon jeune disciple.

– Ah...

L'homme était tout de même gêné.

– ... Eh ben... c'est rapport à mes vaches. V'là une semaine que je les trais, quasiment pour rien..., à peine de quoi nourrir le petiot avec le lait de cinq vaches ! C'est quand même pas des choses normales !

Soriat, une main dans le dos, considérait Gurwann en se caressant la barbe :

– Je vois, dit-il au bout d'un moment, je vois... Écoute-moi, Gurwann, écoute-moi bien : tu iras chercher un pot de terre...

– Un pot de terre, acquiesça l'homme.

– Mais attention ! Il faut qu'il soit neuf ! Ne t'en va pas

acheter n'importe quel vieux pot qu'on aura lavé pour tromper l'acheteur !

– Ouh, la la, fit l'homme. Faites donc, sauf vot'respect, faites donc confiance au vieux Gurwann pour ne pas se faire rouler !

– Bien. Alors, tu l'achètes et tu paies d'une poignée de sous, sans compter.

– Sans compter, reprit l'autre en écho.

– Ensuite, continua Soriat, tu passes chez le cloutier, qui doit mettre dans ton pot une poignée de clous, sans les compter, que tu paies d'une poignée de sous, sans les compter davantage, tu me suis ?

L'homme fit un signe de tête affirmatif d'un air de profonde concentration.

– Alors, et alors seulement, poursuivit Soriat, tu rentres chez toi et tu remplis ton pot avec de l'eau. Tu le mets sur le feu et tu fais bouillir.

L'homme devait répéter mentalement les instructions, car il comptait sur ses doigts sans y prendre garde. Puis son visage prit un air subitement interrogatif, et il demanda :

– Je laisse bouillir longtemps ?

– Tant que tu veux. Le mieux, c'est de faire bouillir jusqu'à ce qu'il n'y ait plus d'eau.

L'homme remercia et posa sur la table deux cailles qu'il avait détachées de sa ceinture, puis il sortit, l'air absorbé.

Soria sourit :

– Tu vois, petit, les gens qui sortent de chez moi font tous cette tête-là. Il en est même qui oublient de remercier. Sais-tu pourquoi ?... Parce que la recette que je leur communique leur paraît si compliquée qu'ils se la redisent mentalement en sortant, puis tout le long du chemin, et qu'ils n'arrivent à penser à rien d'autre.

Le vieillard resta un instant plongé dans ses réflexions, qui semblaient amusantes, à en juger par sa mine réjouie. Au bout d'un moment, il n'y tint plus et, pouffant d'abord, il finit par éclater d'un rire joyeux.

– Ah ! Ah ! Ah !... Ça me fait penser... Ah ! Ah ! Ah !... Il faut que je te raconte... Laisse-moi d'abord reprendre mon souffle...

Soriat s'essuya les yeux où perlaient de grosses larmes de rire, et, reprenant un peu de sérieux, il continua :

– Au dernier hiver, une vieille femme vient me voir. Je la connais, celle-là : il suffit qu'elle ait un cor au pied ou qu'un de ses poussins meure pour qu'elle se croit ensorcelée. L'autre jour, donc, elle arrive ici, se plaignant de ce qu'elle avait égaré son talisman. Sais-tu ce que je lui ai dit ?... Ma bonne Marie, je sais ce qu'il faut que tu fasses : tu enterreras un œuf de poule noire pondu à minuit, trois jours après la pleine lune, et que tu auras fait bouillir le temps de compter jusqu'à cent, en tapant du pied toutes les cinq fois. Puis tu jetteras sur la terre trois poils de rat mort de consomption et mêlés à de la farine de froment moulue il y a dix ans dans un moulin qui est maintenant détruit. Alors, tu cracheras par terre dans les quatre directions, tu t'agenouilleras et tu diras : « Ravmiochératontrolinsillé ! ». Voilà.

L'autre jour, elle revient et elle me dit : « Vous m'avez trompée, votre recette n'a pas marché et je n'ai pas retrouvé mon talisman. » Je lui réponds : « Tu m'étonnes ma bonne Marie, as-tu bien fait tout ce que j'ai dit ? »

– Tout ! L'œuf, la poule noire, compter jusqu'à cent et tout !

– Et tu as tapé du pied toutes les cinq fois ?

– Oui... Enfin, je crois...

– Ah ! Tu crois ! Eh bien, voilà : admettons que tu te sois trompée une fois, et c'est fichu !

Elle était piteuse, la vieille Marie ! Et elle me dit : « C'est vrai, à la fin je ne savais plus où j'en étais..., et puis... compter jusqu'à cent... je ne sais pas bien. »

Soriat riait :

– Elle est rentrée chez elle pour recommencer, et tu peux être tranquille que, la prochaine fois, elle aura encore oublié quelque chose, compté trop vite, trouvé un rat mort du croup ou de n'importe quoi, ou bien elle se sera trompée dans la formule ! Si ça pouvait la décourager de m'importuner sans cesse !

Netra riait tellement qu'il n'arrivait plus à manger sa soupe. L'arrivée d'une charrette calma leur hilarité et permit à l'enfant de terminer un repas encore à peu près chaud.

Une femme, très belle malgré ses haillons, se présenta à la porte. Soriat ne la connaissait pas. Elle rougit un peu et demanda à parler au magicien.

– Je viens de loin, dit-elle timidement. Voilà : mon beurre ne se fait plus.

– Ah ! ponctua Soriat.

Il semblait soucieux et réfléchit un moment, avant d'ajouter :

– As-tu remarqué, ces temps derniers, qu'une de tes voisines faisait au contraire beaucoup de beurre avec peu de crème.

– Oui ! s'exclama la femme. Maintenant que vous me le dites, ça me rappelle que la Sclerigenn retire de sa baratte des mottes de beurre... qu'on croirait qu'il y a plus de beurre qu'il n'y avait de crème !

– Bon ! dit Soriat d'un air satisfait. Le problème est simple : par sorcellerie, ta voisine fait passer le beurre de ta baratte dans la sienne. Tu vas rentrer chez toi et faire ceci : il te faudra fouiller dans le tas de fumier de ta cour.

Tu y trouveras une espèce de grosse pierre, assez légère ; retire-la du fumier et lave-la soigneusement.

Ensuite, tu chercheras des pierres bien lisses et rondes, et tu les frotteras l'une contre l'autre, avant d'aller les jeter de toutes tes forces dans la mare la plus proche de ton tas de fumier. Il faudra répéter cela trois nuits de suite. Il faut que tu comprennes que ces pierres iront frapper la sorcière : la première nuit, elle sera seulement incommodée ; la deuxième nuit, elle commencera à avoir mal, et la troisième nuit, elle souffrira tant qu'elle renoncera à sa sorcellerie.

La jeune femme paya de deux poules dodues et d'un sac de seigle, puis s'en retourna, l'air préoccupé.

Une semaine déjà s'était écoulée, où Netra avait appris bon nombre de recettes de philtres magiques et de manières de conjurer les sorts. Il était triste de devoir quitter Soriat, mais dans dix jours ce serait la Noël, et le chemin était encore long jusqu'à Plouhinec.

– Il vaut mieux ne pas me dire où tu te rends, prévint Soriat, car je ne veux rien savoir : tu courras moins de dangers si tu es seul à connaître ta destination. Falcosi est trop puissant pour moi... Cela me fait de la peine de te laisser partir, sais-tu, et je trouve que Neposus a bien de la chance de t'avoir pour disciple !... Surtout, mon petit, sois prudent ! Falcosi est démoniaque et ses razzaks n'hésiteraient aucunement à attaquer un enfant.

– Je serai prudent.

– Plus que ça ! Sois sans cesse sur tes gardes, ne te confie à personne, ne dors jamais que d'un œil. Je sens sur toi la menace. N'oublie pas un instant que Falcosi VEUT Antaerus et son secret, et qu'il est prêt à tout pour y parvenir. Je t'aiderai du mieux que je le pourrai, de toute la force de ma pensée.

UNE AMIE DANS LA TOURMENTE

Les adieux étaient toujours difficiles, mais Netra sut partir. Il possédait un nouveau sac, plein de provisions : pain, châtaignes, noix, noisettes, dont Soriat avait tenu à lui faire don. Il emporta aussi une belle perdrix, qui devait lui permettre de faire plusieurs repas.

Il prit cette fois la direction de l'ouest jusqu'à la ville de Rennes, qu'il traverserait pour emprunter la voie que les Romains avaient autrefois tracée entre Condate[1] et Darioritum[2], et qui menait à Gwened[2]. Là, il devait trouver la mer et suivre la côte jusqu'à sa destination dernière.

Ce ne fut pas sans émotion qu'il traversa Brocéliande. Saisi par l'atmosphère de mystère et d'enchantement qui montait de l'humus, il pensa à Neposus, à Viviane, à Merlin.

Etait-ce réel ? Etait-ce dû au souvenir des récits de Neposus ? Netra l'ignorait, mais il avait la curieuse impression que la forêt lui était à la fois familière et redoutable, et n'arrivait pas à s'expliquer l'ambiguïté de cette sensation.

Des forêts, il en avait traversé des dizaines au cours de son voyage, mais pas une ne lui avait serré le cœur comme celle-ci, dans un mélange de joie et de peur, de douceur et

(1) (2) Noms de Rennes (1) et de Vannes (2) jusqu'à l'époque Gallo-romaine.

(2) Nom breton de Vannes.

d'angoisse. Il écouta et chercha des yeux les êtres mystérieux qui hantaient ces bois, mais il ne décela aucune autre présence que celle de quelques oiseaux et d'une harde de biches.

Un instant pourtant, il crut apercevoir des fées, sans en avoir la certitude, car il se garda bien d'y aller voir de plus près. Elles semblaient laver à une fontaine. Leur linge était-il aussi blanc qu'on le disait ? Il ne le saurait jamais, ne pouvant risquer une nouvelle aventure si près du but. Plus que six jours avant la Noël !

Netra était partagé entre le désir d'arriver au plus tôt à Plouhinec, et le sentiment qu'il ne devrait pas s'y montrer avant la nuit décisive, de peur de se faire repérer. Son irrésolution le faisait marcher tantôt vite, tantôt lentement, selon qu'il avait momentanément opté pour l'une ou l'autre solution. Las d'hésiter, il finit par prendre la décision de se rapprocher rapidement de Plouhinec, et de s'arrêter lorsqu'il n'en serait plus qu'à quelques heures de marche, quelques heures qu'il pourrait faire après la tombée de la nuit, avec le plus de discrétion possible.

Sur son chemin, il ne rencontra guère que quelques balaerien-bro [1]. Le temps, qui s'était mis à la pluie, incitait plus à chercher un abri qu'à marcher. Depuis des jours, Netra supportait le frottement désagréable de ses vêtements raidis par la pluie, qui lui collaient à la peau et gênaient ses mouvements. Dans chaque maison où il demandait asile, on lui offrait une couverture pour s'envelopper le corps en attendant que culotte et chemise soient sèches. Ces quelques journées lui laissèrent deux souvenirs : celui de ses cheveux dégoulinant qui laissaient glisser une à une les gouttes dans son cou, et

(1) Mot à mot : batteurs de pays.

l'image de la vapeur dégagée par les vêtements séchant près du feu.

Enfin, le quatrième jour, vers midi, le soleil, se faufilant entre deux nuages, l'inonda de lumière. Ce fut si inattendu et si réconfortant que Netra sentit son cœur se gonfler d'allégresse. Au même moment, il aperçut au loin le rivage découpé du golfe qui baignait Gwened. Il était au sommet d'une petite colline. Peut-être pourrait-il, dans un rayon de soleil, apercevoir la ville qui l'accueillait si gaiement ? Il devinait à l'horizon un groupe sombre de maisons, et crut même voir les mâts des voiliers au port. Mais sans doute n'était-ce qu'une illusion !

Il dévala la colline en direction de la mer, qui lui semblait toute proche, et fut pourtant bien longue à atteindre. Quand enfin il trempa ses pieds dans l'eau, il eut l'impression d'avoir parcouru une bonne lieue.

Il était au fond du golfe, et l'endroit était quelque peu marécageux. La mer, en se retirant, laissait apparaître, çà et là, un mélange nauséabond de sable et de vase, ce qui décida Netra à longer la côte jusqu'à ce qu'il trouve un endroit plus propre, mieux nettoyé par la marée. Il parvint ainsi à une ravissante petit crique, tout encombrée de gros rochers qui semblaient être tombés du ciel sur le sable jaune, dans le plus sympathique désordre.

L'air était si doux que Netra ôta sa cape pour l'étaler sur une large pierre où elle pourrait finir de sécher, et s'accorda une petite sieste.

Il fut tiré du sommeil par une fâcheuse impression de froid. Le soleil venait de se coucher, et malgré la relative douceur du temps, il ne faisait pas bon passer la nuit dehors : l'hiver ne se laissait pas totalement oublier.

Netra chercha à tâtons sa cape, et l'enroula autour de

lui en grelottant. Il ne fallait pas rester là ! Il fallait bouger, faire quelque chose !

L'enfant ne se décidait pas à commencer le moindre mouvement, tant il était transi, tout en se disant que, s'il ne se levait pas, il allait geler sur place.

Le temps avait changé. La pluie s'en était allée, mais la clarté du ciel laissait une chappe glacée descendre de nouveau sur la terre. On n'y voyait presque plus... Il fallait rejoindre au plus vite le petit chemin côtier qu'il avait croisé tout à l'heure, et qu'il apercevait encore, juste à flanc de pente !

Il posa le pied sur le chemin comme la nuit tombait. Par chance, la lune avait pris le relais du soleil, mais sa blanche clarté donnait à chaque touffe d'ajoncs une allure inquiétante de bête tapie, prête à sauter sur sa proie ; et la proie, Netra avait la désagréable impression que c'était lui.

Soudain, à ses pieds, le chemin se divisa en deux branches, deux lignes claires au milieu des ajoncs. L'enfant hésita un instant, puis il se dit que le chemin de gauche longeait sans doute la mer, et qu'il serait imprudent de le prendre : il se rappelait que Boren avait suivi une nuit un semblable sentier, qui tantôt cheminait sur la terre ferme, et tantôt se glissait au bord de la falaise, pour finalement conduire dans l'eau..., si par malheur la mer était haute.

Il décida donc de prendre plutôt sur la droite. Mais il n'avait pas fait cent pas qu'il s'arrêta net : il percevait le claquement de nombreux sabots sur le sol. Il se précipita dans les ajoncs protecteurs ; malheureusement son bâton, trop long, dépassait, et il n'arrivait pas à le coucher à terre, tant les fourrés étaient denses.

Le bruit se rapprochait. Netra aurait voulu voir son bâton s'enfoncer dans le sol. Il allait être repéré ! Il se figea, dans l'attente du sort qui lui serait réservé, et vit alors passer sur le chemin, à la queue leu leu, une cinquantaine de petits êtres en sabots, dont le premier portait une lanterne. Ils marchaient sans mot dire, mais le grondement de leurs pas résonnait douloureusement aux oreilles.

Les petits êtres avaient disparu depuis un moment déjà, quand Netra recouvra tous ses esprits. Nul doute qu'il était revenu, sans s'en apercevoir, au bord des marécages ! Il se redressa en s'appuyant sur son bâton, et sentit alors mille petites douleurs sur tout son corps : les piqûres des ajoncs, fines et imperceptibles, brûlaient désagréablement.

« Des poulpikans ! se dit l'enfant en passant ses mains sur son visage. Il est heureux qu'ils fassent un tel vacarme en se déplaçant : ils n'ont pas remarqué ma présence ! Quelle bêtise, aussi, d'être dehors par une nuit de pleine lune ! J'aurai bien de la chance si je ne rencontre pas d'autres korrigans ! »

Cette nuit-là, la chance ne devait pas être de son côté, car il entendit bientôt des sons de trompes : les korrikaneds, les korrigans des bois, devaient danser quelque part au son de leurs cornes, mais le tintamarre qu'ils faisaient diminuait considérablement les chances de les rencontrer... à moins de le vouloir vraiment. Netra jugea prudent de grimper dans le premier arbre venu, et de s'y cacher jusqu'au petit jour. Il opta pour un sapin aux branches basses, car il ne se sentait pas très doué pour l'escalade, mais quand il découvrit la fragilité de ses points d'appui, il regretta amèrement son choix.

La nuit fut inconfortable..., très inconfortable. Netra

serra tout le temps contre lui le tronc piquant de l'arbre, qui lui écorchait le visage et les mains, et il priait pour que les branches résistent.

– Aaaah... Aaaah !...

Quelqu'un criait..., une petite voix..., une voix d'enfant.

Netra écouta : l'appel venait de la gauche, du bord de la mer. Il courut de ce côté, silencieusement pour ne pas attirer l'attention... C'était peut-être un piège !

Depuis qu'il avait traversé Gwened après sa nuit mémorable dans un sapin, il se méfiait de tout et de tous : il était maintenant trop proche de Plouhinec pour arriver à conserver la moindre insouciance.

Il s'approcha de la falaise : là, en contrebas, au milieu d'un goulet laissé à sec par la marée basse, une fillette terrorisée s'enlisait dans les sables mouvants.

Sans une seconde de réflexion, Netra saute de rocher en rocher, se laisse glisser sur la pente, fait des bonds pardessus des trous sans fond, et atteint enfin la petite, prisonnière jusqu'à la taille.

Allongé sur son gros bloc de pierre, il tend son bâton à la fillette, pour qu'elle s'y agrippe et tire de toutes ses forces. Las ! Ses forces sont insuffisantes !

Debout sur l'énorme roche, Netra se prit la tête dans les mains. Vite ! Il fallait trouver !... Oui ! Il savait ce qu'il devait faire, mais en aurait-il le temps ?

Il cria à la petite qu'il revenait, et escalada les rochers jusqu'au sommet de la falaise, d'où il jeta un rapide coup d'œil circulaire : là, il y avait un bois !... Hélas ! C'était un bois de pins ! Netra faillit en pleurer de rage. Un bouleau ! Il lui fallait un bouleau ! Pourquoi n'y avait-il que des pins dans ce pays maudit !

Il calcula rapidement : il avait le temps de parcourir une lieue avant que la fillette ne disparaisse. Il fallait s'enfoncer au plus vite à l'intérieur des terres et chercher... chercher... Il courait, fouillant des yeux le sol de la forêt. Il était sûr que s'il y avait une seule feuille de bouleau, il la verrait. Il la vit : au-dessus de lui s'étalait l'arbre, splendide. Sans perdre une seconde, Netra lui arracha des morceaux d'écorce, dont il bourra ses poches, puis repartit d'un pas rapide.

La petite avait réussi à tenir ses bras hors du sable. Elle savait, elle sentait qu'ils étaient sa dernière chance de salut. Ses yeux exprimaient une peur viscérale, la peur de la mort dont on découvre l'inexorable progression, la mort qui était en train, ce jour-là, de ramper sur le sable à sa rencontre.

Installé sur son rocher, magnifique plate-forme d'où il pouvait presque toucher la petite, Netra sortit ses écorces de bouleau et les disposa en cercle sur le sol. Toutefois, il prit grand soin de ne pas fermer le cercle. Il se mit debout au centre et regarda fixement les vaches entravées qui broutaient sur les pentes plus douces des abords de la petite rivière. Il se sentit grandir, grandir..., pourtant, sa taille restait exactement la même, mais son corps s'emplissait de force.

A ce même moment, il vit les vaches faiblir, vaciller, puis s'affaisser, le museau dans l'herbe.

– Excusez-moi, dit-il à voix basse, mais il n'y en a pas pour longtemps !

Il s'allongea et posa le bout de son bâton dans la main de la fillette à demi inconsciente, puis la tira lentement pour la rapprocher de son rocher. Alors il s'agenouilla, lui agrippa fermement le bras, et, tous les muscles bandés, il l'extirpa lentement du piège, l'arrachant peu à peu au sable qui la retenait de ses mille ventouses invisibles.

Jamais Netra n'avait ressenti une telle impression de

puissance, une telle euphorie lui submerger le cœur. Quelle sensation merveilleuse que celle de dominer la mort par sa simple force physique !... Malheureusement, la force n'était que passagère ; avant que sixte ne sonne, elle aurait disparu pour réintégrer le corps des vaches.

La fillette tremblait, elle ne remercia pas ; elle restait là, claquant des dents, l'esprit enfoui dans sa propre peur. Puis elle se mit à pleurer, doucement ; des larmes silencieuses ruisselaient sur ses joues creuses et tombaient sur sa robe déchirée.

Netra, assis à ses côtés, ne disait rien. Il comprenait. Il laissait le temps couler. Enfin, il fouilla dans son sac et en sortit un croûton de pain qu'il lui mit dans la main. Elle avait cessé de pleurer. Elle esquissa même un sourire en prenant le pain. Sur les pentes herbues, les vaches redressaient la tête. Netra sentit alors brusquement qu'il se transformait : il eut l'impression de se dégonfler comme une baudruche, de se ratatiner, et l'air même lui devint pesant. Il était anéanti. Il s'allongea un moment, la sueur au front et les muscles douloureux de l'effort qu'ils avaient dû faire, incompatible avec leur puissance réelle.

– Je vais te raccompagner chez toi, proposa Netra. Où habites-tu ?

La fillette fit un geste vague, avant de répondre :

– Partout...

– Tu n'as pas de parents ?

– Non...

– Ils sont morts ?

– Non...

Le passé de Netra l'invitait à comprendre... La fillette semblait réticente, inquiète. Sans doute n'avait-elle pas l'habitude de parler. Netra lui sourit :

– Comment t'appelles-tu ?

– Pierre.

– Mais... c'est un nom de garçon !

La fillette fit un signe las de la tête ; puis, comme Netra ne disait plus rien, elle soupira :

– J'aurais dû être un garçon !

– Ah ! Tu préférerais être un garçon ?

– Non, pas moi..., mes parents.

– Tes parents n'ont eu que des filles ? demanda Netra après un court silence.

La fillette le toisa du regard. Il ne comprenait vraiment rien !

– Non, commença-t-elle avec une impatience contenue, avant moi, il y a eu six garçons. Mes parents auraient voulu avoir un septième garçon, tu saisis ?

Non, vraiment, Netra ne saisissait pas.

– Le septième garçon, continua la fillette, guérit les écrouelles. C'était la fortune assurée pour les parents !... Mais ç'a été moi... Voilà... En plus, ce ne sont pas mes vrais parents !

Le cas devenait si obscur que Netra eut l'impression de n'avoir pas tout saisi : quelque chose lui avait sûrement échappé ! La fillette reprenait confiance, et semblait être d'humeur plus loquace. Finalement, cela lui faisait plaisir de connaître des choses qu'un autre ignorait.

– Tu vois, dit-elle, je suis une enfant des fées. Ma mère, celle qui m'a élevée, me l'a toujours dit : ça se voyait, j'étais malingre, chétive, toujours malade... Les fées ont toujours des enfants vilains et mal portants, alors elles les échangent contre les beaux enfants des hommes. Enfin, quand ma mère nourricière s'est aperçue qu'en plus d'être une fille, j'étais maladive, elle m'a frappée matin et soir, pour que je pleure très fort et que ma mère-fée vienne me rechercher. Mais elle n'est jamais venue...

– Mais alors, dit Netra, peut-être n'es-tu pas une enfant de fée puisque personne n'est venu !

– Peut-être, dit la fillette d'un ton indifférent. En tout cas, quand j'ai été assez grande, je me suis sauvée, et j'ai trouvé cet endroit. Il te plaît ? Il est bien, hein !

– Très joli, acquiesça Netra.

– Joli... peut-être... Mais ce n'est pas ça que je veux dire : regarde tous ces rochers !

Netra n'osait plus émettre d'opinion. En dehors de leur beauté, quelles qualités pouvaient bien avoir ces roches ?

– Eh bien, s'impatienta la fillette, sais-tu qu'il y a eu au moins dix naufrages depuis les dernières moissons ? Et comme j'habite sur la plage, je suis la première sur les épaves !

Elle s'arrêta, les yeux brillants, guettant dans ceux de Netra de l'admiration, ou de l'envie, ou au moins de la compréhension. Mais elle n'y lut que de l'étonnement.

Netra commençait à saisir : la petite vivait des épaves que la mer rejetait sur le rivage. Un jour, elle avait même trouvé un tonneau d'hydromel ! Intact ! Naturellement, elle ne l'avait pas bu. Elle l'avait vendu un bon prix à l'auberge, et elle avait pu manger pendant un mois avec l'argent ainsi gagné. De temps en temps, elle trouvait du tissu, des poteries, mais son ordinaire était le bois : des planches de toutes tailles, squelette dépecé des navires drossés sur les rochers par la mer en furie. Elle vivait du malheur des autres, bien sûr, mais elle n'y pensait pas ; et d'ailleurs, qu'est-ce que cela aurait changé ? Elle n'était pas responsable du naufrage, après tout !

Ils passèrent la nuit dans une grotte que la petite habitait quand la marée n'était pas trop importante ; car, à la pleine lune, la mer envahissait la cavité avec des mugissements sauvages, et emportait tout sur son passage.

Netra avait compté qu'il lui faudrait encore une journée de marche avant de parvenir à la dernière étape, d'où il partirait de nuit pour Plouhinec. Son sommeil devenait moins tranquille, et, plusieurs fois dans la nuit, il s'éveilla sans raison apparente.

La nuit était tombée. Il était monté dans un arbre, et un korrigan donnait des coups dans le tronc pour l'en faire tomber. Il se redressa, haletant : la fillette, agenouillée près de lui, le secouait en répétant à voix basse :

– Réveille-toi ! Réveille-toi !

Il ouvrit les yeux tout grands et entendit alors un hurlement effrayant, inhumain et suraigu, à mi-chemin entre le cri d'une femme martyrisée et le rire du démon, et qui vrillait le cœur d'une terreur incontrôlable.

Le cri s'éteignit dans la nuit. La fillette serrait convulsivement le bras de son compagnon. Ils étaient atterrés.

– Les stroubinellou ! souffla Netra sans même s'en rendre compte. Des stroubinellou à cinquante lieues de chez eux !

Il resta un moment sans parler, puis ajouta, comme pour lui-même :

– Pourquoi sont-ils si loin de leur pays ?

– Qu'est-ce que c'est ? articula péniblement la fillette.

– Des petits êtres malfaisants qui s'amusent à terroriser les voyageurs..., mais ils habitent au nord-ouest, très loin d'ici. Pourquoi sont-ils venus ?

Un nouveau hurlement, puis deux, puis trois, s'élevèrent tout près de la grotte. Les enfants étaient pétrifiés. Le bruit d'une cavalcade leur parvint aux oreilles. Puis de nouveau un cri, plus lointain. Le calme se rétablit un court instant, et, après quelques secondes de silence, Netra perçut un bruit discret, long, gluant, qui ne se serait peut-être pas entendu si le vent ne l'avait porté jusqu'à la grotte qui l'amplifiait : quelqu'un rampait devant l'entrée.

Puis, soudain, le glissement se changea en sautillement : des êtres bondissaient de rocher en rocher. Des hurlements de stroubinellou percèrent de nouveau la nuit. Enfin, le silence retomba. Netra aurait voulu ne pas y croire, il se méprenait peut-être... mais comment expliquer autrement la panique des stroubinellou ? Et ce rampement visqueux ? On ne pouvait s'y tromper, Boren l'avait trop bien décrit ! Serait-il possible que les razzaks aient envahi le pays depuis le nord-ouest jusqu'ici, chassant devant eux les êtres de la nuit ?

– Tu les connais ? demanda la fillette qui observait depuis un moment le visage de son compagnon.

Netra acquiesça.

– Ils te font peur, n'est-ce pas ? continua-t-elle.

Netra hocha la tête.

– Moi aussi ils me font peur..., mais pas de la même façon qu'à toi... Toi, on dirait que tu es directement concerné par leur présence. Qui crains-tu, les stroubinellou ou les autres ?

– Les autres.

– Ils te cherchent ?

– Ils me cherchent... ou du moins, ils cherchent le propriétaire d'un certain sac de toile.

Après un long silence, Netra murmura :

– J'ai perdu mon sac chez les fées, mais elles ne pourront révéler l'identité du propriétaire, puisqu'elles ignorent mon nom.

La fillette le fixa, avant de dire d'un ton hésitant :

– Je ne voudrais pas te faire de peine..., mais un bossu, ça n'est pas si fréquent... et c'est facile à décrire !

Netra n'y avait pas pensé, et pourtant, la petite avait

sûrement raison. Il était tout à fait vraisemblable que, si les razzaks avaient trouvé son sac, ils avaient interrogé les fées. Avaient-elles parlé ? Ce n'était hélas que trop probable : les razzaks terrorisaient même les stroubinellou, alors les fées n'étaient pas de taille à leur résister. Et puis l'odeur, sa propre odeur sur le sac !... « Mais non ! pensa Netra avec un soupir de soulagement, les razzaks sont uniquement consacrés à la recherche d'Antaerus : pour mettre toutes les chances de son côté, Falcosi ne les a dressés que dans ce but, évitant ainsi qu'ils ne se dispersent et ne travaillent pour leur propre compte. Leur odorat n'est donc entraîné qu'à percevoir l'odeur de Neposus, et leur ouïe à saisir le son d'Antaerus. Pour le reste, ils ne sont ni plus ni moins doués qu'un homme ordinaire, et ils ont même le désavantage de courir moins vite. »

Ces quelques pensées le réconfortèrent. En tout cas, ce qui venait de se passer changeait ses projets : si sa bosse était trop voyante, il finirait le voyage de nuit.

Il passa donc la journée qui suivit au fond de la grotte. La fillette lui apporta à manger et fit le guet alentour, mais elle ne remarqua rien de suspect.

Le soleil sombra peu à peu dans la mer. Netra ne le quittait pas des yeux, il pensait confusément que si son regard arrivait à rester braqué sur lui jusqu'à sa disparition totale, ce serait un signe favorable.

Le dernier rayon clignota un instant, puis mourut.

– Je m'en vais, dit Netra.

– Je vais avec toi.

– Non ! Tu ne peux pas..., tu ne sais pas...

– Je sais que tu as peur, alors je ne te laisserai pas !

– Mais toi aussi, tu auras peur ! Je ne peux pas t'autoriser à risquer ta vie pour moi !

La fillette ne répondit pas tout de suite. Elle dessinait distraitement de son index sur le sable mouillé. Puis elle dit lentement :

– Ma mort n'attristerait personne, alors, qu'est-ce que ça peut faire ? Ma vie n'appartient qu'à moi... Et toi, peux-tu te permettre d'utiliser ta vie sans te soucier des autres, sans gâcher l'existence de quelqu'un qui tient à toi ?

Netra plissa le front :

– Si je meurs, il en mourra..., mais je suis tout de même obligé...

La fillette ne fit aucun commentaire. Elle lui tendit son bâton et ramassa le sac.

Pour la première fois depuis son départ, Netra n'était pas seul. D'une certaine façon, il en était heureux, mais se demandait comment faire pour que sa mission garde son secret. Il résolut d'autoriser la fillette à l'accompagner jusqu'à l'étape, d'où il partirait seul, dans la nuit de Noël, pour la fin du voyage.

Ils marchèrent si bien, qu'avant le lever du jour, ils étaient arrivés à la dernière rivière, coupée de façon si caractéristique par sa barre de dangereux rouleaux, qu'il n'y avait pas à s'y tromper. Ils remontèrent le cours d'eau et embarquèrent sur le bac le plus proche. Le jour allait se lever lorsqu'ils touchèrent l'autre rive ; à présent, une lieue à peine les séparait d'Antaerus. Sans doute était-il préférable de passer la journée au village : les razzaks ne fréquentant guère les endroits habités, ils y seraient en sûreté et éveilleraient moins les soupçons que s'ils dormaient en rase campagne.

Le village était en effervescence. Chacun préparait Noël, et les deux enfants n'eurent aucun mal à trouver un gîte. Dans la joie de la fête, on leur répondit :

– Entrez donc, les enfants, et mangez..., mais attention ! N'entamez pas les plats du réveillon !

Sur le coin d'une table couverte de succulents rôtis, ils grignotèrent un peu de pain rassis et un reste de fromage, accompagnés d'une bolée de cidre : on voulait faire table rase de tous les restes, pour fêter dignement Noël avec des mets intacts. Personne ne s'occupa plus d'eux. Alors, ils montèrent au grenier et se laissèrent tomber sur la paille.

Netra ne dormait pas. Il pensait. Il pensait aux razzaks et à ce qu'il devait faire dans chaque éventualité. Dans le meilleur des cas, il mettait Antaerus dans son sac et se sauvait avant que les pierres ne reviennent à leur place. Restaient toutes les autres possibilités : que les pierres ne bougent pas, que les razzaks soient là, que Falcosi en personne... Non ! Il ne le risquerait pas. Et si les razzaks le rattrapaient durant son voyage de retour, et s'il ne réussissait pas à sortir Antaerus de sa cachette, et s'il se faisait écraser par les pierres ?... Il serait sage de détruire le grimoire au plus tôt. Mais comment ? Les idées tournaient dans sa tête et lui ôtaient le sommeil. Il dut s'endormir en fin d'après-midi, pour un court moment.

Il ne réussit pas à empêcher la fillette de l'accompagner. « Au moins pour traverser le prochain bois ! » avait-elle supplié.

Ils marchèrent silencieusement. Le vent, qui s'était soudain levé, leur plaquait si durement sur le corps le froid de la nuit, que c'est avec soulagement qu'ils pénétrèrent dans le bois, où les fourrés les défendaient contre la bise glacée. Netra écoutait avec une extrême concentration, mais ne parvenait qu'à entendre le vent se déchirer dans les squelettes des arbres. Il savait qu'il devait tout craindre. Certes, pour l'instant, les razzaks n'avaient aucun intérêt à lui envoyer des spers : s'il en mourait, Falcosi ne connaîtrait pas la cachette d'Antaerus. Leurs ordres étaient de suivre l'envoyé de Neposus jusqu'au grimoire..., mais après ?

Ce vent ! Ce vent qui soufflait et l'empêchait d'entendre ! Là, ne serait-ce pas un craquement de branche ? Netra ne se sentait pas bien, il avait l'impression que son corps était trop serré dans sa peau, il avait l'impression... de quoi, au juste ? Il éprouvait un sentiment de gêne indéfinissable, d'angoisse... Et si c'était... ? Il fallait s'assurer...

– Reste là, dit-il à la fillette quand ils sortirent du bois.

Il fit une vingtaine de pas, jusqu'à une masse sombre qui trônait au milieu d'un champ. On n'y voyait presque rien. La lune, à son dernier quartier, éclairait faiblement la forme, laissant supposer qu'il s'agissait d'une pierre. Netra s'approcha : non, c'était une souche !... Tant mieux !

Il toussa, posa son bâton, et se mit à creuser au pied de la souche. Au bout d'un instant, il se releva et donna des coups de poing contre l'arbre mort, puis se remit à fouiller fébrilement. La fillette l'observait avec étonnement : que cherchait-il donc ? Pourquoi faisait-il de si grands gestes ? Voulait-il se faire remarquer ? Il creusait, creusait..

Une douleur fulgurante lui traversa la jambe. Il se retourna vivement : cinq, six, dix blessures cuisantes s'ouvrirent dans sa chair. Il se mit à courir comme un fou, droit vers la mer, jeta sa cape et sa veste de laine tissée sur le sable, et plongea dans l'eau glacée.

Le froid le pétrifia. Il ouvrit en tremblant sa chemise, et passa ses doigts sur sa peau meurtrie. Il remercia le ciel de n'avoir pas été blessé dans le dos, dans des endroits que ses mains ne pouvaient atteindre. Ses doigts réussirent à saisir son couteau dans sa poche. Les spers étaient toujours durs, et tant qu'il maintiendrait son corps dans l'eau glacée, sa chaleur serait insuffisante pour en ramollir l'enveloppe et les faire éclater. Mais combien de temps pourrait-il rester plongé dans cette mer, sans que le froid mette sa vie en péril ? Il n'avait pas de temps à perdre : de la pointe de son couteau, il retira un à un les spers qu'il repérait à tâtons. Ses doigts s'engourdissaient, le froid, peu à peu, pétrifiait tous ses membres, mais endormait aussi ses sens, ce qui rendait la douleur moins vive.

Petit à petit, Netra ne sentit plus la pointe de son couteau dans sa chair. Il avait ôté tous les spers qui s'étaient enfoncés dans sa poitrine. Il savait qu'il en restait au moins un dans sa jambe, mais, s'il ne sentait plus la douleur, il avait également perdu la sensibilité de ses doigts, et n'arrivait pas à repérer la blessure. S'il restait là, le froid lui serait fatal. Que faire ? Sa gorge se serra. Il crut qu'il allait pleurer, et là, au bord de l'eau, il aperçut la fillette.

– Sors vite, lui souffla-t-elle, ou tu vas mourir !

Il se traîna hors de l'eau et se laissa tomber sur le sable :

– Là, sur ma jambe, trouve la blessure ! Près du genou, je crois !

La fillette passa ses doigts tout autour du genou.

– Je sens, dit-elle, il y a quelque chose de dur à l'intérieur.

– Vite ! Ote-le avec mon couteau !

– Je n'y vois rien... Je vais te faire mal !

– Non ! Dépêche-toi, je t'en prie, mais ne perce pas la petite boule dure.

La fillette posa de nouveau ses doigts sur la blessure, pour déterminer le plus exactement possible son pourtour, puis, enfonçant la pointe du couteau au bord de la plaie, elle délogea le spers, qui bondit et frappa avec un bruit sec sur un galet.

– Tu l'as eu ! dit Netra. Tu as entendu le bruit qu'il a fait ? Il était encore dur..., le risque de le percer n'était pas grand !

Il tremblait de tous ses membres. Il ôta sa chemise de ses doigts gourds, pour la remplacer par sa veste, puis s'enveloppa dans sa cape.

– Il faut partir, dit-il faiblement, avant qu'ils ne s'aperçoivent qu'ils ont été dupés !

Il avança péniblement ses pieds insensibilisés par le froid, puis essaya de courir. La fillette suivait. Les rochers se faisaient de plus en plus nombreux sur le sable, et rendaient leur avance difficile. Il leur fallut bientôt escalader les pierres entassées. Netra était épuisé. Il trébucha et s'écroula entre deux rochers.

Il respirait avec difficulté. Il aurait voulu se relever, mais il n'en pouvait plus :

– Va..., dit-il à la petite. Va... jusqu'aux pierres de Plouhinec... Quand minuit sonnera, regarde les pierres... et reviens me dire ce que tu auras vu.

Combien de temps Netra resta-t-il là ? Il n'en eut aucune conscience. Il rouvrit les yeux quand la petite le secoua par le bras.

– Hé ! Hé ! Tu dors ?

Il se redressa à demi et bégaya :

– Elles... elles ont bougé ?

– Quoi ?

– Les pierres..., elles ont bougé ?

La fillette le regarda avec étonnement. Elle crut qu'il délirait.

– Elles ont bougé ? répéta l'enfant, fébrilement.

– Non !

Netra laissa retomber sa tête et s'évanouit.

TROISIÈME PARTIE
LA CHASSE DES RAZZAKS

MOTTENN-DERWENN

– Tirer sur l'envoyé de Neposus! Misérables vers sans jugement! Comment avez-vous osé passer outre à mes ordres !

Une voix hésitante s'éleva :

– C'est que... maître Falcosi, nous n'avions pas d'ordres... Nous avons fait pour le mieux.

– Pour le mieux !... Pour le mieux !

Falcosi suffoquait.

– Pour Boren..., reprit le plus courageux des razzaks, vous aviez dit...

– J'avais dit, tonna le maître, j'avais dit de tirer sur Boren, parce que Boren était dangereux pour moi et que vous n'avez jamais réussi, incapables que vous êtes, à le capturer ! Il fallait que je m'en débarrasse avant qu'il n'arrive à me nuire ! Mais l'autre, pourquoi n'êtes-vous pas venus m'avertir dès que vous avez su que Neposus en avait envoyé un autre ?

– Nous étions très loin..., nous avons senti sur un sac de toile l'odeur de Neposus, alors nous avons obligé les fées à parler : elles nous ont dit qu'il appartenait à un petit bossu, et nous nous sommes lancés sur sa trace...

Falcosi ne disait plus rien. Il fixait des yeux durs sur le chef des razzaks, qui évitait de le regarder en parlant.

– ... Nous l'avons retrouvé, nous l'avons suivi. Une nuit, il s'est arrêté au pied d'une grosse souche et s'est mis à creuser. Que pouvait-il chercher, sinon Antaerus ?

– Alors, cervelles d'oiseaux, vous avez tiré sur lui et creusé sous la souche, et naturellement... rien ! Vous avez été joués comme des enfants !

– Nous ne pouvions pas penser..., il ne se savait pas surveillé, il aurait pu nous mener droit à la cachette !

– Il ne se savait pas surveillé ? Pourquoi aurait-il creusé, alors, si ce n'est pour nous duper ?

Il baissa un peu la voix, puis :

– Est-il mort ?

– Oui ! Nous lui avons envoyé une dizaine de spers. Il est sûrement mort !

– SÛREMENT mort ? Avez-vous vu son corps ?

– C'est-à-dire que..., non. Mais avec dix spers...

– Retrouvez-le ! hurla Falcosi. Retrouvez-le ! Prouvez-moi que le bossu est mort !

– Cela fait plus de deux mois, Maître... Le corps a sûrement été enterré !

– Alors, cherchez la tombe... ou le bossu. Filez !

Les razzaks se dispersaient quand ils furent immobilisés par un sifflement strident du maître.

– Au cas où vous ne trouveriez pas de tombe, les nouveaux ordres sont les suivants : recherchez le bossu, et si vous le trouvez, ne vous mêlez pas de le suivre ! Capturez-le. Je me charge de le faire parler.

– Quel jour sommes-nous ?

Netra, les yeux grands ouverts, regardait sans le voir le plafond de branches et de terre.

– Tu es guéri ? s'exclama la fillette avec un sourire émerveillé. Il tourna la tête vers elle, et la contempla avec étonnement. Puis au fond de ses yeux, la lumière se fit. Oui ! Il la reconnaissait !

– C'est toi ! dit-il simplement.

Elle lui prit la main affectueusement :

– Comme je suis contente que tu ailles mieux ! Tu as été malade, tu sais, très malade : tu étais resté trop longtemps dans l'eau glacée. Quand je t'ai vu là, les narines battantes et le souffle rauque, j'ai bien cru que tu étais perdu... Alors, je t'ai enveloppé dans toutes les couvertures, les chiffons, les draps que j'ai pu voler, et j'ai prié le ciel...

– Où sommes-nous ? demanda doucement Netra, avec un pâle sourire.

– Nous sommes restés là où tu es tombé, la nuit de Noël. Je ne pouvais pas te porter, tu comprends, tu es trop lourd ! Alors j'ai voulu creuser une petite grotte dans la falaise, pour nous protéger, mais la falaise est tellement petite que le dessus du trou s'est effondré, si bien que j'ai dû couvrir le haut de branches collées avec de la terre..., mais ça tient bien, tu sais ! Par-dessus, j'ai posé soigneusement des plaques de petites herbes des dunes ; ainsi, personne ne peut distinguer notre abri, depuis la terre. De la mer, on ne le voit pas non plus, parce qu'il est caché par les rochers.

Elle semblait très fière de ce qu'elle avait réussi, et le regard d'admiration reconnaissante de Netra la paya de toutes ses peines.

– Depuis combien de temps suis-je malade ?

– Je ne sais pas..., deux mois peut-être. En tout cas, les jours rallongent et les paysans sont retournés aux champs.

– Et les razzaks, ceux qui m'ont attaqué ?

– Je ne les ai pas revus.

– Hum... Ils ont dû repartir pour faire leur rapport à leur maître.

Netra s'assit. Il était très faible, mais se sentait bien. Il réfléchissait :

– Quand Falcosi va savoir que les razzaks m'ont envoyé des spers, il va être furieux, car ce n'est pas son intérêt de me voir mort... sauf s'il a trouvé la cachette.

Il se tut un moment, puis fronçant les sourcils :

– Ils me croient mort ! C'est le moment d'en profiter !

– D'en profiter pour quoi faire ?

Netra se retourna. Il avait oublié la présence de la fillette.

– Pour me débarrasser de ma bosse ! Tu comprends, la seule chose qu'ils savent de moi, c'est que je suis bossu !

Il resta songeur, un moment, avant d'ajouter :

– En fait, les razzaks sont des êtres inintelligents, ou du moins peu habitués à se servir de leur intelligence, pour la simple raison qu'ils sont dressés à obéir et non à réfléchir. Ils me croient mort, c'est certain, sans cela, tu les aurais vus par ici, me cherchant. Mais Falcosi... Falcosi ne s'en tiendra pas aux paroles des razzaks ; il voudra des preuves de ma mort, et faute de ces preuves, il me fera rechercher... rechercher un bossu.

Il réfléchit un moment, puis ajouta en rêvant :

– Plus de bosse, plus de bossu !

Le regard que la fillette lui jeta était empreint de pitié, et cela ne lui échappa point :

– Ne fais pas ces yeux-là, dit-il en riant, je ne suis pas fou ! Tu vois, je ne peux pas lutter contre mes ennemis sans quelques armes, et je vais m'en procurer de ce pas. Ne cherche pas à comprendre. Il faut faire vite, j'ai dix lieues à parcourir !

– Tu es fou, complètement fou ! Je suis sûre que tu ne tiens même pas debout !

– Regarde ! dit Netra en se levant.

Mais la tête lui tournait, ses jambes flageolaient, il faillit s'évanouir, et se rassit tout en sueur.

– Tu vois, dit la petite, tu ne peux pas partir !

– Il faut !

Netra serrait des dents :

– Il faut !

– Il faut, reprit la fillette, que tu te reposes. Je ne

comprends pas grand-chose à tes histoires, mais je ne pense pas que cela puisse arranger beaucoup tes affaires, si tu t'évanouissais à une lieue d'ici, sans personne pour te secourir !

Le visage de Netra s'était fermé, mais la petite l'avait convaincu. Il resterait trois jours, pas plus, puis il irait rendre visite aux korils[1]... Pourvu qu'il les trouve ! Ensuite, il aurait tout son temps ; il pourrait aller jusqu'à Kemper[2] pour se procurer l'herbe d'or. Il n'avait, lui, ni spers ni sortilège à sa disposition ; il lutterait avec des armes pacifiques.

La fillette accompagna Netra pendant quelques lieues, puis rentra chez elle. Elle s'était rendu compte qu'il était inutile d'insister auprès de son ami pour aller plus loin avec lui. Elle sentait qu'elle représentait un danger pour Netra : peut-être sa présence avait-elle été remarquée par les razzaks ? Seul, le garçon passerait plus facilement inaperçu. Elle s'éloigna.

Netra remontait vers le nord-est. Il était encore fatigué et très pâle, mais ses jambes arrivaient à le porter. Cela seul comptait.

Le temps s'était mis au beau ; il faisait même presque chaud. Tout de suite, l'enfant remarqua les bourgeons, le vert tendre de l'herbe, les cris des oiseaux amoureux... On avait changé de saison. Il revoyait sa vallée, la douceur de l'air à cette époque de l'année, les bêlements des moutons nouveau-nés, la vie !... Et ses amis, que devenaient-ils ? Que pensaient-ils ? Ils étaient certainement mortellement inquiets. Comment leur faire savoir ? Netra s'arrêta, ferma les yeux, se détendit. Il lui fallait laisser sa pensée

(1) Korrigans des landes.
(2) Nom breton de Quimper.

voguer jusqu'à sa vallée. Boren nourrissait les brebis, Neposus était debout à l'entrée de la maison. Neposus..., écoute-moi... Je vais bien... Ne crains rien... Je vais bien...

Netra sentit qu'un grand calme se faisait en son cœur. Il sourit : Neposus avait reçu son message.

Il reprit sa marche.

Les arbres succédaient aux arbres, les houx se dressaient devant ses pas avant qu'il ne les ait vus. Depuis des heures qu'il marchait, seule la volonté le tenait debout. Ses jambes n'en pouvaient plus. Il se sentait malade, au bord de l'écœurement. La nuit..., la nuit arrivait..., le repos..., il l'avait gagné... La porte de la ferme était grande ouverte. Il frappa, mais les voix de femmes couvraient ses coups. Alors il entra pâle, courbé sur son bâton, et d'une voix sourde :

– Pourrais-je m'abriter... une nuit ?

Les femmes groupées autour de la chandelle, sursautèrent.

– C'est-y une façon d'entrer chez les gens ? cria l'une d'elles.

Sans un mot, l'enfant fit demi-tour et s'éloigna dans la nuit.

Les larmes ruisselaient sur ses joues.

La femme qui avait crié se leva, interloquée, puis elle dit soudain :

– Pourquoi avons-nous eu peur ? Il a dû simplement demander asile. Suis-je sotte ! Ce n'était qu'un bossu qui avait faim !

Elle sortit précipitamment et appela :

– Oh ! Bossu ! Reviens ! Oooh !

Mais Netra était loin.

Les bois..., encore les bois..., encore les houx, les branches griffues, les brindilles menaçantes, le piège bourbeux des fossés, les hululements, les cris, les fuites...

L'enfant était tombé. Il rêva qu'on le soulevait, ou qu'on le secouait, ou peut-être qu'on le transportait. Il avait mal partout, et puis il avait chaud, chaud, si chaud !

Il ouvrit les yeux... jour... il faisait jour... Il faisait même soleil.

– Alors ! On ressuscite ! fit une grosse voix joyeuse.

Un homme courbé en deux, attisait le feu. Netra le regardait, sans arriver à mettre de l'ordre dans ses idées.

– Eh bien ! Heureusement que le charbonnier t'a trouvé, hein ! Quelle idée de se promener la nuit dans les bois ! Les bois, c'est fait pour les charbonniers, pas pour les enfants ! Allez, mange ça, va, ça te remettra.

Netra but à petites gorgées une soupe chaude et réconfortante. Pourquoi était-il si fatigué ? Il croyait qu'il récupérerait de la vigueur en marchant..., et c'est tout le contraire qui s'était produit ! Jour après jour, ses forces avaient décliné, et il se sentait maintenant plus faible que jamais.

– Une chance, reprit l'homme, que tu ne sois pas tombé sur les korils !

– Il y a des korils, par ici ? articula Netra, médusé.

– Dame, c'est le pays !

Les korils ! Il y était ! Un sourire se dessina sur ses lèvres douloureuses. Il porta les mains à son visage : il était tout griffé et tuméfié.

– Ah ça ! dit l'homme. Tu n'es pas beau à voir ! Comment tu t'es fait ça, tu as cogné dans les arbres, ou quoi ? Tu t'es fait attaquer ?

– Je ne sais pas, souffla Netra.

Il réfléchissait.

– Les korils, dit-il soudain, où sont-ils ?

– Ah ! T'as raison de te renseigner, mon gars. Faut les éviter. Eh bien, ils ont leur village sur la lande de Mottenn-Derwenn, à une lieue d'ici. Aussi, je te conseille de prendre plus au sud ! Tu sais que ces maudites créatures font des danses infernales toutes les nuits, et si quelqu'un a le malheur de passer par là, il se fait entraîner dans la ronde et tourne jusqu'au matin, jusqu'à la mort.

Netra savait. Il ne fit aucune observation. Il en connaissait beaucoup plus que le charbonnier sur les korils..., mais nul n'avait besoin de le savoir.

Il se reposa toute la journée et repartit en fin d'après-midi, malgré les protestations effarées du charbonnier. Il marcha droit sur Mottenn-Derwenn. Comme il ne possédait pas de fourche à charrue pour se protéger des korrigans, il pensa qu'il valait mieux arriver sur les lieux avant eux, et ne pas se faire voir.

Il n'eut aucun mal à repérer les cercles dessinés nuit après nuit par des centaines de petits pieds dansant en rond. Il s'assit tout près, sur un rocher, et attendit que la nuit envahisse la lande.

Alors, de toutes parts, il entendit des pas, courant, sautant. Un grand feu s'alluma dans la lande. Ils étaient là..., des dizaines de korrigans qui ne l'avaient même pas vu. Ils parlaient tous en même temps, allaient, venaient. Puis l'un d'eux commença à sautiller, entraînant un deuxième, puis un troisième danseur, et tous se mirent à tourner en chantant le refrain bien connu :

« Lundi, mardi, mercredi.
Lundi, mardi, mercredi. »

Netra fut rassuré : rien n'était changé, tout était bien comme l'avait dit Neposus. Alors, rassemblant son courage, il attendit que les korils en soient à « mercredi », et il chanta avec force :

« Jeudi, vendredi, samedi, dimanche. »

Les korils s'arrêtèrent de danser et se précipitèrent vers lui en criant :

– Il a trouvé ! Il a trouvé !

Netra pensait en lui-même qu'il n'avait pas grand mérite, puisqu'il savait. Il attendait que les korrigans lui posent la question rituelle :

– Que veux-tu : richesse ou beauté ?

Il avait préparé sa réponse.

– Je ne veux pas de richesse, je n'ai que faire de la beauté, j'ai seulement besoin qu'on m'enlève ma bosse.

Les korils, il le savait, avaient déjà accompli ce prodige. Boren le lui avait raconté, sans penser qu'il y aurait recours un jour.

Les korrigans furent surpris de la demande. Ils se groupèrent à quelques pas de lui et échangèrent leurs opinions à voix basse. Netra n'entendait pas ce qui se disait, et il était vaguement inquiet. Mais déjà le plus vieux des korrigans s'approchait :

– Tu as bien réfléchi... C'est tout ce que tu veux ?

Netra hocha la tête lentement, pour bien signifier l'irrévocabilité de sa décision.

Alors, sur un signe de tête du vieux, tous les korils se prirent par la main et se mirent à danser une longue farandole qui s'enroulait autour de Netra, le frôlait, puis repartait, comme un serpent, glissait au loin, pour revenir ensuite, monstre mouvant, emprisonner le voyageur, le faire tourner comme une toupie, et le relâcher de la queue pour mieux le reprendre de la tête. Dans un dernier tourbillon, Netra virevolta, puis retomba sur ses pieds, en dehors de la ronde qui s'était refermée.

Il lui semblait avoir grandi de six ou sept pouces. Il était droit comme son bâton. Il allait remercier, fou de joie, mais les petits nains s'étaient remis à danser, sans plus s'occuper de lui.

LE SECRET DE L'HERBE D'OR

Le voyage vers Kemper aurait pu sembler à Netra la plus belle période de sa vie : il était neuf. Pourtant, une légère amertume gâchait son plaisir. D'où venait cette insidieuse tristesse ? Serait-ce..., serait-ce d'avoir perdu sa bosse ? Oui, il fallait se l'avouer, il se sentait un peu frustré de sa propre personnalité. Bien sûr, maintenant, il était comme tout le monde..., mais avait-il gagné au change ? Il se sentait dépossédé de lui-même, son corps lui était devenu étranger, sa démarche s'était modifiée. Il voyait tout de plus haut, et tout lui paraissait inconnu ; il avait la désagréable impression que ses pensées non plus n'étaient plus siennes. Il avait commis une trahison envers sa propre personne..., il en aurait pleuré ! Mais il le fallait ! Il ne pouvait faire autrement..., sa bosse était trop voyante ! Peut-être, quand il serait habitué à son nouveau corps, aurait-il moins de chagrin ?

Le premier objectif qu'il s'était fixé était atteint : il avait changé d'aspect. Sa deuxième idée lui était sans doute venue lors de sa maladie : pendant ses deux mois de quasi-inconscience, son esprit avait travaillé à son insu, bâtissant des rêves qui apporteraient peut-être une solution à ses problèmes. Son cerveau avait sélectionné sans qu'il s'en aperçoive, parmi les secrets que lui avait dévoilés Neposus, celui qui était à retenir dans l'immédiat.

Et l'idée maîtresse avait jailli dans son esprit, la révélation que, s'il pouvait arriver à savoir quand bougeraient les pierres, il pourrait prendre, en connaissance de cause, une décision : repartir vers la vallée ou attendre ici le prochain Noël. Mais comment savoir ?...

C'est dans la nuit de son inconscience que son cerveau avait rapproché deux informations : l'une, émanant de Soriat, était que les animaux savaient à quel moment les pierres de Plouhinec iraient boire à la rivière ; l'autre venait de Neposus : « Il existe, en pays de Kemper, une herbe d'or aux propriétés curieuses : celui qui l'écrase s'endort, et, lorsqu'il s'éveille, il comprend le langage des animaux... »

Voilà pourquoi le deuxième objectif de Netra était Kemper : il voulait apprendre des animaux la date du prochain déplacement des pierres.

Il ne mit que quatre jours à gagner la ville. Il n'était pas pressé, pourtant, mais sa nouvelle stature lui permettait une marche tellement plus aisée qu'il ne pouvait s'empêcher d'allonger le pas, pour se tester, pour apprécier sa chance. Tout en marchant, il essayait de se rappeler le rite de la cueillette de l'herbe d'or. Neposus le lui avait expliqué, mais il n'y avait pas vraiment fait attention, à l'époque, ignorant que cette science pourrait lui être un jour d'une quelconque utilité. Petit à petit, les détails lui revenaient, et quand il arriva au bord de la mer, il pensait être fin prêt.

Une prairie à trois coins, voilà ce qu'il fallait trouver : c'était le terrain favori de l'herbe d'or. Mais il en avait scruté, des étendues vertes, arpenté, des champs triangulaires, sans rien découvrir, rien... rien ! Il avait été trop présomptueux, sans doute !

Vespres sonnaient, annonçant la nuit... Vespres ! Une église ! Bien sûr, il fallait que la prairie fût près d'une église !... Mais celle-ci, alors... celle-ci conviendrait, elle avait bien trois coins ! Il suffisait de patienter.

De jour, la petite herbe ressemblait à toutes les autres, verte, ordinaire, quelconque..., mais la nuit... ! Netra choisit d'attendre, à l'abri des arbres, le crépuscule – il ne souhaitait nullement qu'on le questionne sur ses faits et gestes, ou qu'on se mêle de l'observer – et mit à profit ce court temps libre pour confectionner un cercle de bois, avec une branche de noisetier.

La nuit était tombée, d'un noir d'encre. Netra gagna à pas prudents la prairie à trois coins. Dix heures sonnèrent, grêles, au clocher de l'église. Un chien aboya au loin.

Là, l'herbe d'or était là ! C'était, évidemment, la seule de la prairie, et Netra l'avait tout de suite repérée. Il ne la quittait pas des yeux ; en aucun cas il ne faudrait la perdre de vue, car dès qu'on s'approchait..., ça y était, elle avait cessé de luire ! Mais Netra savait où elle se trouvait, à deux pas de lui. Il lança son cercle de bois à l'endroit où il l'avait vue, et s'accroupit pour couper à tâtons toute l'herbe qui était emprisonnée dans le cercle, et la serrer dans son bonnet. La nuit était trop noire... pour la suite, il faudrait attendre le lendemain.

Netra s'allongea sur l'herbe, son bonnet sous la tête, et s'endormit.

Au petit jour, il fut réveillé par un oiseau qui disait :

– Un ver ! J'ai trouvé un ver !

Un merle se précipita en criant :

– A moi, le ver !

– Il est à moi, protesta le premier.

Netra réalisa en une seconde qu'il avait réussi. Il courut au ruisseau et jeta tout le contenu de son bonnet à l'eau : seule l'herbe d'or remonterait le courant. Il la sortirait du ruisseau, et elle lui apporterait force, santé, richesse... Il la vit, l'herbe qui remontait le courant, et tout à coup, un grand vide se fit en lui. Avait-il envie d'être plus fort, plus riche que tous les autres ? N'est-ce pas ce genre de souhait qui vous transforme en un Falcosi ?

Netra regarda l'herbe filer à contre-courant. Il ramassa son bonnet et le tapa deux fois contre sa main pour en ôter les dernières petites herbes, puis tourna les talons.

La journée qui suivit fut une des plus riches de son existence. Netra découvrit des choses stupéfiantes ; ainsi, les chiens qui aboyaient sur son passage ne disaient pas, comme il l'avait toujours cru : « Va-t'en d'ici, étranger, c'est ma maison ! », mais : « Qui es-tu, toi qui me fais peur ? » On ne saurait imaginer le réconfort que lui apporta cette révélation. Il avait, jusqu'à présent, toujours cru que les autres « savaient », osaient, que tout leur était naturel, et que lui seul hésitait, tremblait... mais si les chiens avaient peur, sous une apparence d'agressivité sûre d'elle-même, peut-être que les hommes aussi... ; peut-être que tout le monde était comme lui, à se poser des questions, à douter, à craindre.

Le lapin n'allait pas droit au romarin. Il disait : « Trouverai-je à manger aujourd'hui ? Si je vais ici, peut-être rencontrerai-je le renard ; si je vais là, je risque d'être pris au piège du chasseur. Est-ce que ce ne sont pas les aboiements de la meute du château ? »

Netra se rendit compte que tous vivaient dans la crainte, que le grand souci de chaque bête de la forêt était de manger sans être mangée... Et les hommes, ne cherchaient-ils pas tous à vivre ? Simplement à vivre ?... Mais Falcosi, alors ? Pourquoi ne pouvait-il s'accomplir que dans la domination des autres ? Était-ce cela qu'il appelait vivre pleinement ? Peut-être..., et dans ce cas, il ne renoncerait jamais.

Netra approchait de Plouhinec. Il n'était pas seul : il avait recueilli, sur le bord de la route, un chaton perdu qui pleurait, et sa mère, qu'il avait rencontrée peu après. Était-ce vraiment le hasard qui les avait mis sur son chemin ? N'avaient-ils pas été guidés ? C'était vraiment trop beau..., juste ce qu'il fallait pour mettre son plan à exécution.

Il s'était toujours dit qu'il lui faudrait deux animaux, car s'il comprenait le langage des bêtes, il ne le parlait pas, et était tout à fait incapable de poser une question à un chat. Il en fallait donc deux : de préférence une mère et son petit, entre lesquels le dialogue est le plus naturel et le plus enrichissant.

Cela faisait une heure au moins qu'il était arrivé au pied des menhirs, avait posé les chats par terre..., mais rien ne se passait. La mère se léchait consciencieusement les pattes, tandis que le petit se renversait sur le dos en essayant d'attraper sa queue. Netra tourna autour d'une des pierres, fit semblant de vouloir la soulever, mais cela ne délia nullement la langue de la chatte. C'était à désespérer..., à moins que... ? Oui..., ce serait une chance à tenter : Netra prit délicatement le chaton et le déposa au sommet du menhir. Le premier mouvement de surprise passé, le petit animal se mit à pleurer :

– Maman ! Maman ! J'ai peur !

La mère semblait inquiète.

– Ne t'affole pas ! dit-elle au petit. Je vais bien trouver un moyen de te faire descendre. Si tu ne remues pas, il ne t'arrivera rien, car tu es sur une pierre, et les pierres ne bougent pas.

Elle se tut et regarda autour d'elle. C'était fichu ! Elle n'avait rien dit.

Soudain, Netra l'entendit marmonner :

– ... du moins pas avant Noël prochain.

Il sauta de joie, fit descendre le petit animal tremblant, et le rassura dans ses mains chaudes. Puis il le laissa repartir avec sa mère.

– Adieu ! fit-il. Et merci !

Mais les chats s'éloignaient sans un regard.

Maintenant, il fallait partir d'ici au plus vite. Mieux valait ne pas croiser les pas des razzaks ! Netra décida qu'il ne rendrait pas visite à Pierre : elle était trop près de la zone dangereuse. Il irait après..., quand tout serait fini. Soriat..., oui..., il avait envie de rejoindre Soriat.

LES YEUX DU LOUP

– Si ! Maître ! Je dois partir ! Je sais que nous ne sommes qu'à l'été et que j'ai le temps avant Noël, mais justement, il faut que je fasse le chemin tout doucement, en me louant ici et là, pour n'avoir pas l'air pressé. Ainsi, si par malheur les razzaks avaient des doutes sur mon identité, cela les induirait en erreur. Que croient-ils ? Que si je suis encore vivant, je vais aller droit à la cachette d'Antaerus..., puisqu'ils ignorent que je dois attendre Noël. Donc, un jeune homme qui loue ses services dans les fermes n'éveillera pas les soupçons.

Soriat considérait tristement le jeune garçon qui nouait son sac : Netra avait maintenant treize ans passés, et son visage était empreint d'une gravité peu commune à cet âge. Un court instant, Soriat eut la révélation de l'homme que deviendrait cet adolescent à la fois trop mûr et si naïf. Il sourit :

– Tu sais mieux que moi ce que tu dois faire, et tu as raison. Mais je vieillis, et l'affection que j'ai pour toi s'inquiète de te savoir loin et seul.

– Pas si loin..., et pas si seul, dit Netra rêveusement.

Soriat se mit à rire :

– Tu as raison, mon fils.

Puis, reprenant un ton grave, il ajouta :

– Tu sais que tu peux compter sur moi !

– Je sais...

Netra serra le vieil homme dans ses bras.

Il était parti, parti vers l'ultime aventure, le dernier épisode, la fin... Derrière lui, ses amis ! Devant lui... ?

Il avait encore grandi, ces derniers mois, et avait dû se confectionner de nouveaux vêtements, plus à sa taille, pour affronter le prochain hiver. Son intention était de faire le tour de la Bretagne, pour arriver à Plouhinec par l'autre côté : une précaution de plus contre les razzaks, qui avaient pourtant, à ce jour, certainement renoncé à le chercher.

Les journées trop chaudes s'étiraient avant de se laisser doucement envahir par les parfums de la nuit ; l'air se faisait alors plus frais. Pour rien au monde, Netra n'aurait voulu coucher dans un grenier, qui aurait conservé une chaleur moite et étouffante. Il dormait à la belle étoile, libre, respirant avec volupté un air purifié par la brise.

Ce n'est qu'au quatrième jour qu'il décida d'aller frapper à une porte : ses provisions étaient épuisées, et les nuages qui montaient à l'horizon annonçaient une averse nocturne. Il était arrivé au bord de la mer, sur la côte nord. Un long moment, il resta là, à contempler le vol des sternes, le balancement des barques dans le port, les filets qui séchaient sur l'herbe, puis embrassa d'un coup d'œil le village, pour choisir la maison où il demanderait asile. Il ne frappait jamais à la plus belle demeure, ayant appris à ses dépens que les riches n'aiment pas donner, car ils ne comprennent pas la pauvreté, et éliminait les maisons les plus misérables, pour ne pas ôter le pain de la bouche de plus pauvres que lui. Il opta pour une maison de taille moyenne, devant laquelle couraient quelques poulets.

Une femme, qui mettait son volet, le dévisagea d'un œil inquiet. Netra n'avait pas l'habitude de demander l'hospitalité : d'ordinaire, les gens comprenaient tout de suite, et la lui offraient spontanément. Il hésita un peu, puis, comme la femme allait clore définitivement la maison, il se décida :

– Pourrais-je trouver un abri sous votre toit, pour la nuit ?

La femme ne semblait pas tranquille. Elle prit un air gêné :

– C'est que..., mon mari n'est pas là !

C'était bien la première fois qu'on lui opposait un tel argument.

– Qu'est-ce qu'il veut, celui-là ? maugréa un homme qui venait de tourner le coin de la maison.

– Il demande l'hospitalité, répondit la femme, d'un air soulagé.

– Ah !

L'homme examina Netra :

– Encore un coureur de pays ! Tu ne peux pas travailler, comme tout le monde !

– Excusez-moi..., bredouilla le garçon.

Et il s'éloigna à grands pas.

– Est-ce qu'on peut savoir, cria la femme en manière d'excuse, si tu n'es pas un maraudeur ?

Netra se sentait bouillir de colère. Un maraudeur !... Jamais, quand son dos était encore courbé, on ne lui avait posé de question, et maintenant, voilà qu'on le craignait ! C'était vrai ! En même temps que sa bosse, il avait perdu son identité ; on accueillait un bossu – c'était normal qu'un bossu mendie –, mais il s'agissait désormais de faire entrer chez soi un jeune garçon un peu grand déjà, et dont on ne savait rien.

Il n'était plus bossu, et plus tout à fait enfant, il était n'importe qui.

Le cœur serré, il allait quitter le village, quand il s'entendit interpeller :

– Oh ! Petit ! C'est toi qui cherches un abri ? Entre donc ! Mon mari vient juste de revenir de la pêche, et le poisson est dans le bouillon !

La maisonnette était propre, et le sol de la pièce tapissé de paille fraîche. Derrière Netra, la femme fit rentrer les animaux en les poussant vers un coin. Puis elle mit l'échelle en travers de la pièce, pour les empêcher de venir courir sur le lit, dans le domaine réservé aux hommes. Les deux cochons bousculèrent la chèvre qui prenait trop de place, une poule s'envola en protestant violemment contre la vache qui lui avait écrasé une patte, puis tout le monde se calma et s'installa pour la nuit.

Un homme, assis à table, nettoyait son couteau.

– Tu fais bien, dit-il, de t'abriter pour dormir : les algues ramollissent, la pluie ne saurait tarder !

La femme s'empressait autour de Netra. Elle ne lui parlait pas, mais, s'adressant à son mari, elle répétait :

– Il faut qu'il mange. C'est un bien bel enfant... un bien bel enfant !

Netra en fut un peu embarrassé, mais les paroles de la femme lui faisaient plaisir, et il se sentit une certaine fierté à être ainsi jugé, tout en s'en défendant énergiquement.

– Ne fais pas attention, dit l'homme. Ma femme aurait tant voulu avoir un enfant... ! Alors, quand elle peut s'occuper d'un gamin, elle est folle de joie.

– Tant de fois, dit la femme d'un ton attristé, nous avons coupé la pomme, pourtant ; j'en mange trois morceaux, et mon mari le quatrième..., mais rien n'y fait ! Nous sommes toujours sans petits !

– Cesse de te lamenter, protesta l'homme. Tu vas le peiner, cet enfant ! Allons, fiston, raconte !

Netra donna des nouvelles des villages alentour, des récoltes qui étaient en cours, et toute autre information quotidienne, comme c'était son devoir d'hôte. Puis on parla des dangers de voyager la nuit, et des êtres extraordinaires qui sortaient au crépuscule, des histoires qu'on avait entendu raconter, des mystères inquiétants...

– Un jour, commença l'homme, mon ami Gautier revient par la grève de chercher son bois pour tailler les sabots. Et, tout d'un coup, qu'est-ce qu'il entend..., des pleurs de femme ! C'est un bon bougre, Gautier ! Il va voir, et tu sais ce qu'il trouve ?...Une sirène ! Comme j'te l'dis, mon gars, une sirène, avec la queue de poisson et tout. Une sirène, quoi ! Au début, forcément, il a peur : tu sais que les sirènes, ça aime attirer le marin pour le noyer ; mais celle-là, elle pleurait, alors, elle ne lui voulait pas de mal ! « Je me suis blessée, qu'elle dit en reniflant, remets-moi à l'eau, brave homme, pour que mes compagnes puissent me soigner. » Voilà mon Gautier qui pose ses bûches sur les galets, et qui prend la sirène dans ses bras. Lourde comme du plomb, qu'elle était !... Enfin, il arrive à la mer et la dépose dans l'eau. Pffft ! En trois secondes, elle avait disparu. « C'est un peu fort ! que se dit le Gautier. Elle aurait au moins pu dire merci ! » Enfin ! Il hausse les épaules et retourne à la grève pour reprendre son bois. Et là, qu'est-ce qu'il trouve ? Son bois, figure-toi, son bois s'était changé en or..., comme j'te l'dis !

– Si tu vas vers l'ouest, dit la femme du pêcheur, prends garde à Mourioche. Ce mauvais se change en bête pour effrayer les voyageurs, même de jour.

Netra assura qu'il se méfierait, que nul que lui n'était plus attaché à la vie, et peu soucieux de la perdre bêtement lors d'une fâcheuse rencontre.

Il longea la mer pendant longtemps. Les mouettes planaient en rond en poussant des cris stridents. Des cris ! Netra se rendit compte tout à coup qu'il ne comprenait plus leur langage : le charme avait pris fin.

« Dommage ! » se dit-il. Mais au fond de lui, il était soulagé. Il s'avoua que c'était fort pénible d'être au courant de ce qui se disait dans tous les bois. Les oiseaux étaient si bavards qu'on ne pouvait trouver un instant de paix. A présent qu'il ne les comprenait plus, il goûtait leur chant comme une musique ; leurs cris n'étaient plus qu'un élément du décor, auquel on pouvait très bien ne pas prêter attention. Bien sûr, il y perdait en informations, mais combien il y gagnait en tranquillité !

Ce n'est que quelques heures après son départ qu'il s'enfonça dans la forêt, et, tout de suite, il fut envahi par une sensation bizarre qui le mit mal à l'aise. Pourtant, en cette saison, les arbres étaient accueillants et gais, nulle comparaison possible avec l'angoisse qui montait de leur squelette hivernal... D'où venait cette impression sinistre ? Le soleil ne s'était-il pas soudain terni ? Les arbres ne s'étaient-ils pas... Les arbres ! Les feuilles !... Pas un mouvement ne les agitait..., et pas un chant d'oiseau..., pas un bruit..., la forêt était pétrifiée !

Netra s'arrêta. Il respirait mal. Que se passait-il ?... Là... là, ce loup..., quel regard effrayant !... Ces yeux..., mon Dieu, ces yeux... Netra n'arrivait plus à faire le moindre mouvement, il n'avait plus aucune conscience de sa propre existence, plus de vie, plus d'âme, plus même de pensée. Son regard fixe ne voyait rien..., puis tout à coup, la conscience lui revint..., des arbres..., des papillons..., et le loup. Où était le loup ?

Netra reprit sa marche comme un automate, sur ses jambes flageolantes. Il ne comprenait pas, il ne comprenait plus.

« Mourioche ! se dit-il soudain. C'était sûrement Mourioche ! » Il respira mieux, mais son explication ne le satisfaisait pas totalement. Ce qu'il avait vécu lui rappelait quelque chose, mais quoi ? Mourioche lui aurait fait peur, certainement, mais aurait-il pu provoquer en lui cette terreur suffocante qui l'avait figé sur place ? Ce n'était même plus de l'affolement : il s'était tout à coup senti vidé de lui-même par l'épouvante. Qu'est-ce qui avait bien pu provoquer chez lui un tel bouleversement ? Était-ce... ? Les yeux... oui, les yeux ! Les yeux... « Garde-toi de ses yeux... » Où avait-il entendu cette phrase ?... Grands dieux !... Mais alors, ce loup, c'était... ! Possédait-il le pouvoir de se changer en animal ?

Netra fut infiniment heureux de rencontrer un être humain. Il avait besoin de parler, de réchauffer son cœur glacé, et Renaud était un fort agréable compagnon ! Il l'avait rencontré au pied du calvaire qui marquait la croisée de deux grandes routes, et, tout de suite, ils avaient sympathisé.

Renaud était un jeune homme d'une vingtaine d'années, grand et fort comme un chêne, avec un visage rieur d'enfant qui vient de faire une bonne farce.

– Netra ! avait-il dit. Drôle de nom ! Je serais toi, j'en changerais !

– Non !

Netra fit la moue :

– Moi, je l'aime bien, j'y suis habitué, et puis il m'amuse. Les seuls qui en rient sont les sots..., et leur fréquentation ne m'intéresse pas. Ainsi, je vois tout de suite qui ne pas choisir !... C'est agréable, sais-tu, d'avoir un prénom peu banal : les gens sont toujours subjugués par les êtres qui sortent de l'ordinaire, ne serait-ce que par leur nom. Bien sûr, le mien est dur à porter : sous prétexte que je m'appelle « Netra », ils me prennent tous pour un faible esprit. Mais ensuite, chaque phrase que je dis les étonne, puis, c'est très curieux..., ils finissent par me supposer beaucoup plus intelligent que je ne le suis en réalité.

– Tu as peut-être raison. C'est vrai que je suis content de connaître quelqu'un dont le nom soit si original. Il paraît que ça porte bonheur.

Depuis un moment déjà, ils ne parlaient plus. L'étroitesse du sentier qui serpentait dans les bois les obligeait souvent à marcher l'un derrière l'autre. Enfin, le chemin se fit plus large, et Renaud put rattraper Netra.

– Pourquoi voyages-tu ? demanda-t-il soudain, comme si cette question le préoccupait depuis un moment déjà.

– Pour apprendre ! répondit-il d'un air détaché. Et toi ?

– Oh ! Moi, j'ai dû partir...

Netra ne voulait pas se montrer indiscret, mais Renaud continua :

– C'est une histoire idiote, une bête histoire de fille. Tu ne me croiras pas... Voilà ! J'habite à Ouessant, tu sais, c'est une île, et pas bien grande encore ! Alors, sur une île, il n'y a pas beaucoup de gars à marier, vu le nombre qui meurt en mer, et il y a bien plus de filles. Moi, je n'en trouvais aucune à mon goût, mais elles me faisaient tout le temps des agaceries pour que je choisisse. Et un jour, voilà que la Perrine arrive chez moi avec un plat couvert de lard et de fruits secs. « Mange ! » qu'elle me dit. Tu parles...

Les yeux dans le vague, Renaud semblait oublier de continuer son récit.

– Tu n'en voulais pas ? encouragea Netra.

– Si naturellement, j'en aurais bien voulu ! La question n'est pas là ! Mais chez nous, si on mange ce que la fille apporte, c'est aussi clair que de dire : « Je suis d'accord pour te marier. » Alors tu penses ! Dans la nuit, j'ai pris la fuite, parce que la Perrine, elle est un peu sorcière... J'ai même pas eu le temps d'emporter mes habits du dimanche. J'ai sauté dans un bateau... Voilà... T'as tes habits du dimanche, toi ?

– Non..., dit Netra avec hésitation. Je n'en ai jamais eu.

– Jamais ? Pourtant, ta chemise, c'est du lin, hein ?

– Je crois, oui, dit Netra qui ne s'était jamais posé la question.

– T'es riche alors ?

– Non !... On me l'a donnée..., un vieil ami.

Chacun resta plongé dans ses pensées. Un long silence s'établit.

– Dis donc ! s'exclama Renaud comme ils sortaient de la forêt, tu as vu ça ?... Une noce !

Netra ne voyait pas. Une noce ? Mais... il n'y avait personne !

– Comment ? dit-il.

– Regarde ces tranchées creusées dans la terre, là. C'est pour une grosse noce, quand il y a tellement d'invités qu'on n'aurait pas assez de tables pour les servir. Alors, on creuse des tranchées : les gens s'assoient sur un bord et posent leur écuelle sur l'autre. Ah ! Ah ! jubila-t-il en se frottant les mains, je sens qu'on va manger comme des rois, à midi !

La journée fut euphorique, surtout pour Renaud qui but plus que son content de cidre et d'hydromel, et se mit à raconter, dans les vapeurs de l'alcool, des histoires de korrigans, que chaucun écoutait avec une certaine crainte, dissipée peu à peu par la gaieté factice apportée par la boisson.

– Chez nous, clamait Renaud, on en a de drôles !... Mais ça peut te rapporter, si tu sais y faire ! Les korrigans, ils invitent les passants à danser. Si tu acceptes, tu plantes ton couteau en terre, et tu fais la ronde avec eux. A chaque tour, il faut que tu touches le couteau de ton pied, mais attention..., sans le dépasser..., sinon t'es tué sur le coup ! C'est dur, tu peux y aller, de ne pas dépasser ! Parce que ça tourne, ça tourne, que t'en as la tête bourdonnante et les yeux qui s'affolent ! Mais si tu réussis..., t'as plus besoin de travailler pendant le restant de tes jours, tellement t'es riche !

Les auditeurs étaient intéressés, mais plutôt réticents : parler des êtres de la nuit, ça pourrait provoquer de fâcheuses rencontres !

Les deux compagnons avaient si bien mangé qu'ils ne purent refuser de rester jusqu'au surlendemain, pour aider à faire l'aire à battre. Après la bombance, le travail ; mais un travail très amusant, leur expliqua le propriétaire, fatigant mais amusant.

C'est à gauche de la maison des nouveaux mariés, qu'on avait retourné la terre sur un large espace, pour en faire une aire à battre, et, peu après le repas de midi, les musiciens accordèrent les instruments pour que la danse puisse commencer.

Pour la première fois de sa vie, Netra apprit les pas. La compagnie était fort joyeuse. Sous les pieds des danseurs, le sol se tassait, et, pour le soir, l'aire était bien dure et lisse, et les deux amis exténués, mais fort contents de leur journée.

Ils se reposèrent un jour encore avant de se rendre à la louée. C'était le temps des moissons, et ils trouveraient certainement du travail dans une ferme. Les razzaks étaient loin ; Netra se sentait vraiment bien dans la peau d'un quelconque balaer-bro ; il en avait presque oublié sa mission.

La louée ressemblait un peu à une fête. Renaud et Netra avaient piqué sur leur chapeau une tige de blé, ce qui signifiait en clair qu'ils souhaitaient être embauchés pour les moissons. Jamais Netra n'avait vu tant de monde rassemblé. De tous les villages voisins, on était venu se louer, ou trouver un ouvrier. Les propriétaires, les mains derrière le dos, faisaient le tour de la place, jaugeant la force des hommes du premier coup d'œil, cherchant chez les futures servantes celles qui avaient les mains les plus fines et les plus nerveuses, signe infaillible de grande activité, tandis qu'ils jetaient leur dévolu sur de petites femmes replètes, s'ils avaient besoin d'une cuisinière.

La faux sur l'épaule, les candidats à la coupe des foins essayaient de mettre en valeur leurs muscles, tandis que les charretiers faisaient claquer leur fouet avec dextérité.

Renaud n'eut aucune peine à trouver un engagement, mais Netra ne recueillait guère de suffrages : il était trop maigre et trop jeune. Il dut son embauche à son compagnon, qui déclara n'accepter de se louer qu'en même temps que lui. On finit par les engager tous deux.

« On », c'était un bonhomme de paysan que ses ouvriers venaient de quitter, et qui n'avait pas d'enfant pour l'aider aux champs. Il s'appelait Tenenan. Les deux compagnons n'eurent qu'à se féliciter d'avoir trouvé si bon patron. Certes, il fallait travailler dur, mais ni plus ni moins que Tenenan. On mangeait à la table du maître, et fort proprement, et on avait son dimanche entièrement libre. A la fin des moissons, Renaud et Netra ne se sentirent pas l'envie de quitter le logis, et le bonhomme Tenenan ne se souciait guère de les voir partir, si bien que, sans se concerter, on ne changea rien à ses habitudes.

LA CHASSE

– L'avez-vous trouvé là où je vous ai dit ?

Falcosi plongeait ses yeux dans ceux du chef des razzaks, qui se sentait mal à l'aise.

– Nous l'avons trouvé, maître, mais je ne pense pas..., enfin, il n'est pas bossu... !

– En es-tu sûr ! tonna Falcosi.

– Sûr ! soutint le razzak malgré sa crainte.

– Bizarre... !

Falcosi plissait un front soucieux. Il leva la tête, et son regard perçant se posa sur la petite troupe anxieuse.

– Filez ! siffla-t-il entre ses dents.

La dispersion fut immédiate. Pendant quelques minutes, on entendit le bruit de la fuite ; puis il s'estompa un peu, et un silence de mort écrasa la forêt.

Les razzaks s'étaient regroupés au bord des marécages. Monté sur un rocher, le chef distribuait les ordres d'une voix dure :

– Le groupe un, au sud, tout le long de la grève. Le groupe deux dans les montagnes, le groupe trois s'étalera le long de la rivière aux rouleaux. Le groupe quatre avec moi. Filez !

Dans le plus grand désordre, les petites créatures noires et gluantes s'éloignèrent en poussant des gloussements mauvais.

Le chef fit signe à son groupe de s'approcher et de s'asseoir.

– Si tout de même c'était lui..., commença-t-il d'un ton acide.

– Allons ! Il n'est même pas bossu ! protesta une voix.

Et puis, si c'était lui, il ne serait pas là, tranquillement dans une ferme à s'occuper aux travaux des champs !

– Oui, ajouta une autre voix. Il aurait pris le grimoire et filé !

– Peut-être...

Le chef était partagé :

– Mais si c'était lui... Falcosi ne nous le pardonnerait jamais !

Il avait dit ces dernières paroles d'une voix menaçante, imitant de façon si frappante celle de son maître, que les razzaks en restèrent cois.

Le groupe trois n'avait pas perdu de temps. Deux jours après, il avait traversé Brocéliande et il était arrivé dans les landes désertiques qui s'étiraient entre les bois de pins. Sans doute, ce n'étaient pas les ordres, mais comment résister à l'envie de raser le village de ces prétentieux korils, qui se croyaient si forts, et qui étaient plus peureux que des lièvres. Juste une petite halte..., le temps de leur flanquer une belle frousse.

Mottenn-Derwenn. L'endroit s'appelait Mottenn-Derwenn. Le village brûlait. Tous les korrigans s'étaient enfuis en piaillant. Un seul, tremblant comme une feuille, était resté. Non par courage, mais parce qu'il n'avait pas eu le temps de se sauver.

– On pourrait lui brûler les pieds, suggéra un razzak en découvrant, dans une grimace, ses dents pointues.

– Ou lui arracher un à un les cheveux !

– Ou l'attacher à une fourche à charrue...

– Non ! Non ! Le koril n'en pouvait plus..., pas la fourche à charrue..., il en avait si peur ! Il avala sa salive – il ne fallait rien laisser paraître de ses craintes – et dit calmement :

– Vous menacez parce que vous êtes jaloux de nos pouvoirs !

Le grincement des rires résonna sinistrement sur la lande.

– Alors, railla un razzak, dis-nous donc ce que tu sais faire !

– Je sais..., je sais faire danser un humain, si longtemps qu'il en meurt d'épuisement.

Le concert de rires horribles reprit.

– Nous n'avons pas besoin de ça, nous, pour les faire mourir !

Les razzaks dardaient sur le malheureux koril des yeux ironiques et menaçants qui l'empêchaient de mettre de l'ordre dans ses pensées..., vite..., vite une idée !

– Je sais ... découvrir de l'or au fond de la terre !

– La belle affaire ! ricana-t-on. Et qu'en fais-tu, de cet or ?

Rien. C'était vrai, il n'en faisait rien. A quoi servait-il d'en avoir ?... Il fallait trouver autre chose..., gagner du temps... Ah ! Ça y était !

– Je sais, proclama-t-il d'un air sûr de lui, enlever sa bosse à un bossu !

L'éclat de rire qui commençait à secouer les razzaks fut stoppé net par le chef du groupe :

– Qu'as-tu dit ? demanda-t-il brutalement.

Le koril se rengorgea :

– Je sais enlever sa bosse à un bossu.

Les razzaks se regardèrent.

– Y a-t-il longtemps que tu as fait cela ?

– Hum...

Le koril réfléchit :

– Je ne sais pas compter vraiment..., il me semble... oui, j'en suis sûr !... C'était aux derniers frimas.

Le koril ne comprit pas pourquoi les razzaks filaient si grand train. Avaient-ils été effrayés par ses pouvoirs ? En tout cas, il en était débarrassé !

LE BOUT DU CHEMIN

Il ne restait plus longtemps avant la Noël. Dix jours encore avant le moment décisif. Netra fit un rapide calcul : en marchant bien, et compte tenu de tous les aléas de la route, six à sept jours devaient suffire pour descendre à Plouhinec. Il serait tranquille : Falcosi avait abandonné ses recherches, sans aucun doute. Il pouvait marcher de jour ; cela serait plus facile et plus sûr, car il ne craindrait pas de rencontrer les créatures de l'ombre. Si près du but, il ne fallait rien risquer.

Netra était assis sur le pas de la porte. Le soir tombait. La crête des collines allait, dans un instant, s'illuminer dans les derniers rayons du soleil..., mais c'était curieux, on aurait dit que quelque chose bougeait sur la crête ! Y aurait-il des loups ou des chiens errants, regroupés si nombreux ? Tiens, cela se déplaçait maintenant, tout là-haut, noires petites silhouettes sur le ciel jaunissant.

Un sifflement, un deuxième..., un autre encore, aigu mais plus lointain, puis un autre, dix, cent. On s'agite sur la crête ! Netra a pâli. Il ne respire plus. Il a sauté dans la maison, saisi son inséparable bâton et couru au-dehors, à travers champs, droit vers la mer, droit vers le feu du ciel.

Il court..., il court..., il ne sait où. Il faut fuir..., fuir ! Comment ont-ils su ?

Il est épuisé. Il a sûrement pris de l'avance. Les razzaks courent beaucoup moins vite que lui. Il se laisse tomber. Son cœur bat à se rompre. Il n'en peut plus, il faut qu'il reprenne son souffle. Et puis il se relève, il repart en titubant, il doit fuir... fuir... fuir...

Les arbres vacillent. Est-il encore debout ? Des feuilles humides sous ses mains..., non... il a dû tomber. Il écoute : rien..., il a peut-être réussi à leur échapper !

Il marche toute la nuit, et au petit jour, il trébuche encore sur les pierres dispersées dans les dunes pour le séchage du goémon. C'est un véritable piège, tous ces cailloux sur toutes ces dunes, sur des lieues et des lieues... Il ne peut plus être rattrapé, maintenant. La vitesse est en sa faveur. Le jour se lève, bleu et froid ; il faut se reposer. Là, une chapelle... Il doit y entrer. Il pourra dormir..., il repartira ce soir.

Il ne repartit pas. Il avait entendu... pas les razzaks, non ! Mais les cris sataniques des stroubinellou, qui étaient enfin rentrés dans leur pays. C'était un avertissement : il ne fallait en aucun cas voyager de nuit. Ici, dans la chapelle, il n'avait rien à craindre, ces lieux étant détestés des bêtes malfaisantes de l'ombre, mais il était seul et il avait faim.

Le lendemain matin, les portes s'ouvrirent toutes grandes, illuminant la chapelle d'un froid soleil d'hiver. On se pressait pour entrer, et personne n'aperçut le garçon qui, étant allongé près de la porte, avait été caché par celle-ci dès qu'on l'avait poussée.

Il se leva. Il n'était plus qu'une silhouette parmi les autres, anonyme et ordinaire.

Il ne put sortir avant la fin de l'office, de peur de se faire remarquer. Il était gêné par les gargouillements de son estomac affamé, qui choisissait les moments de recueillement pour se faire entendre.

Il quitta la chapelle dans le flot des fidèles, et fut pris dans la procession qui se rendait à la petite fontaine où l'on devait tremper les pieds des enfants pour qu'ils marchent, mais le froid était si vif que l'eau gelait au fur et à mesure qu'elle jaillissait.

Netra ne sut pas si on avait tout de même mouillé les petits pieds. Il s'était faufilé hors de la foule et marchait sur la route des dunes, ne sentant rien d'autre que la faim.

Le mieux serait de faire un détour pour rejoindre Plouhinec. Il devait arriver par l'ouest, il se l'était toujours dit, pour ne pas avoir à passer la rivière, où on le guettait sûrement.

Il avait toujours aussi faim, abominablement faim. A tel point qu'il n'arrivait plus à éprouver de frayeur en pensant à ses poursuivants. Il aperçut une ferme, et se sentit saliver rien qu'à l'idée de manger.

A l'entrée du chemin creux qui menait à la chaumière, un enfant vêtu d'une seule chemise sale et trop courte pour lui, le regardait venir, un doigt dans le nez. Par ce froid transperçant, il était presque nu en pleine campagne. Quel âge pouvait-il avoir ? Quatre ans, peut-être ! Il ne disait rien. Il ne bougeait pas.

– Treizième ! hurla une voix de femme. Et les vaches, elles vont se garder toutes seules ?

L'enfant sursauta et fila à toutes jambes vers la ferme.

Une tête ébouriffée sortit des fourrés et fixa sur le voyageur des yeux agrandis de curiosité.

Netra, ne sachant que dire, sourit.

– Il s'appelle Treizième ? demanda-t-il à l'enfant dont il n'arrivait pas à déterminer s'il était garçon ou fille.

L'enfant ne répondit pas.

– ... et toi, comment t'appelles-tu ?

L'enfant regarda autour de lui d'un œil furtif et dit rapidement :

– Neuvième.

– Treizième est le plus jeune ?

L'enfant fit un signe négatif et disparut derrière les buissons.

Une chose était claire : Netra ne mangerait pas ici : avec tant d'enfants à nourrir, le paysan ne lui accorderait sûrement pas le moindre croûton.

Netra sentit les larmes lui monter aux yeux. Il les essuya vite.

« Ridicule ! se dit-il. Pleurer pour un repas, alors que j'ai traversé de si pénibles journées ! »

Mais était-ce sur son repas qu'il pleurait ? N'était-ce pas plutôt toute cette fatigue accumulée, toute cette peur, cette détresse, cette angoisse qui finissait par s'exprimer ainsi ?

« Il vaudrait peut-être mieux que je pleure, se dit-il, cela me soulagerait ! »

Mais c'était fini, il n'arriva plus à se tirer la moindre larme. Il se sentit soudain seul, désespérément seul.

Il ne sut comment il avait fait la fin du voyage. Le froid mordait sa peau. La terre était gelée. Ses pieds marchaient. Il les voyait passer alternativement devant ses yeux fatigués. Il avait fait un détour, il le savait. La chose qui importait le plus, c'était de creuser, chaque matin, une encoche sur le bâton. Ne pas se tromper de jour, surtout ne pas se tromper ! Plus que trois jours, plus que deux... Il ne pouvait demander son chemin, alors il longeait la mer, pour être sûr de ne pas s'égarer. Avait-il mangé ? Oui..., il lui semblait. Il était envahi par la torpeur. Il n'était pas malade, non, il n'était pas malade, fatigué seulement, ou plutôt vidé de sa force. Sans doute avait-il dépassé son seuil de résistance. Trop de fois son cœur avait été étreint par la peur, trop de chemin, trop de dangers tapis dans l'ombre, trop... trop... trop..., et il n'avait pas résisté.

A présent, il était assis par terre... ou sur une pierre... en tout cas, ses pieds ne marchaient plus. Comme dans un rêve, il entendit un cri : « You ou ou ou. » Son esprit confus reprit un peu de conscience. La brume se levait, et il entendit de nouveau très nettement le cri, qui lui semblait un appel joyeux.

Netra regarda son bâton, la mer... oui, il était au bord de la mer. Il leva les yeux pour repérer le nord. Mais, c'était certain..., la mer n'était plus à l'ouest, mais au sud : il avait abordé la côte sud ! Pour la troisième fois, l'appel retentit. Une lueur passa dans les yeux de l'enfant. « Ian an od [1] ! se dit-il, Ian an od qui appelle ! Bénis sois-tu, monstre maudit, de m'avoir réveillé de ma léthargie, mais ne compte pas que je te réponde : je tiens trop à la vie ! »

Il se leva et s'étira dans la lumière tamisée du couchant. Il fallait qu'il dorme. Dans deux jours, il devait être fin prêt, l'esprit vif et le pas alerte. Il était temps de se dépêcher s'il voulait trouver un abri pour la nuit.

Boren retroussa ses manches, prit de l'eau dans ses mains et se la passa sur le visage, sans quitter des yeux la porte de la maisonnette. Neposus ne paraissait toujours pas. Pourtant, le soleil était déjà haut, et depuis longtemps les brebis s'en étaient allées à la pâture.

Boren secoua ses mains dans le vent, pour les faire sécher. La nuit avait été mauvaise, il le savait. Il avait entendu le vieillard aller et venir, se fâcher contre les objets, grommeler des choses inaudibles.

L'homme hésitait : devait-il, malgré tout, entreprendre son travail quotidien ? Il n'arrivait pas à en décider. Il lançait des coups d'œil inquiets vers la chaumière. S'il avait osé, il aurait pénétré dans l'Antre, mais n'aurait-il pas tout gâché ? Il empoigna sa faux et allait la jeter sur son épaule, quand il s'arrêta net : le vieil homme

(1) Jean du Rivage.

se tenait sur le pas de la porte. Il reposa calmement son instrument et, cachant son inquiétude du mieux qu'il put, il marcha vers Neposus.

– Maître...

– Je ne peux plus, souffla le vieillard, je ne peux plus...

L'épuisement se lisait au fond de ses yeux. Il passa sa main décharnée sur son front, et reprit d'une voix plus ferme :

– Toute la nuit, j'ai essayé de capter la pensée de Falcosi, mais elle m'échappe. Le sorcier m'échappe !

Sa main tremblait. Il murmura :

– Le mal ne peut pourtant triompher..., c'est impossible !

Boren plissait un front soucieux.

– ... et le petit ? s'inquiéta-t-il.

– Le petit a peur. Le petit a froid. Mais une grande force l'anime. Je lui ai donné tout ce que j'ai pu.

– Voilà Noël, constata tristement Boren, et nous sommes là, tous deux, impuissants, et cet enfant...

Neposus resta songeur. Il semblait plus calme, et dit :

– T'ai-je jamais remercié, Boren de m'avoir un jour amené ce petit. Son âme est forte et claire. Jamais je n'aurais pu rêver meilleur fils...

Son regard se voila. Il ajouta :

– Je l'avais aidé à sortir de sa nuit..., et je l'ai envoyé seul, face au mal.

– J'ai confiance en lui, affirma Boren avec vigueur. Lui seul peut réussir, justement parce qu'il possède l'innocence.

– Mais il a peur, et il a froid... par ma faute !

Boren regarda le vieillard en plissant les yeux, et dit soudain :

– Et vous, Maître, n'avez-vous jamais eu peur ? N'avez-vous jamais eu froid ? N'est-ce pas l'épreuve qui a fait de vous un homme conscient et solide ?

– Je sais, dit lentement Neposus, je sais tout cela. Je me le répète sans cesse..., mais c'est mon fils, comprends-tu ?

Boren ne répondit pas. Il se rappelait l'hiver précédent, où le vieillard avait été si mal. « Le petit est en danger ! » répétait-il sans cesse. Et il maigrissait, il se tassait, il n'était plus que l'ombre de lui-même.

Puis, un matin, il s'était levé, réveillé de sa profonde douleur, et il avait annoncé calmement :

– Il est sauvé, je le sens.

Boren avait longuement regardé son maître, il avait compris en un éclair que s'il arrivait malheur à l'enfant, le vieillard s'éteindrait doucement, et qu'il n'y pourrait rien.

– Êtes-vous certain que le dénouement est pour cette nuit, que les pierres bougeront ?

– Certain, ce n'est pas le mot qui convient, mais je sens monter en moi un malaise, une attente douloureuse... Quelque chose est en marche, qui ne s'achèvera que par la mort.

Boren pâlit :

– Vous voulez dire...

– L'un des deux mourra. Le petit est le plus faible, mais je suis là.

Neposus avait totalement changé d'attitude. Il se tenait droit, calme, sûr de lui. Il avait repris une totale maîtrise de lui-même.

– Cette nuit sera la dernière, continuait-il, le regard absent. L'enfant n'a pas d'arme, et le grand combat est proche, mais j'y serai aussi. Depuis tant d'années que mon esprit est habitué à visiter Falcosi, il ne faiblira pas cette nuit. Je dois réussir... Je dois retourner contre le sorcier ses propres armes !

Il avait prononcé ces derniers mots avec véhémence. Ses yeux s'étaient faits durs et perçants. Il se radoucit soudain, posa sa main sur l'épaule de Boren, et dit lentement :

– Si je réussis, avant deux lunes le petit sera de retour, et son cœur sera assez fort pour profiter de mon enseignement. Je lui confierai tout mon savoir et tous mes pouvoirs. Si j'échoue...

Il ne finit pas sa phrase. Boren ne disait rien. Cette nuit serait la dernière.

Les trois énormes rochers fermaient la crevasse. Le seul accès partait de la plage : c'était un étroit couloir, où seul un enfant pouvait se glisser. C'est l'endroit qu'avait choisi Netra pour allumer son brasier.

Il avait passé la soirée à accumuler du bois dans la crevasse, et maintenant, il soufflait sur les brindilles rougies pour les obliger à communiquer le feu aux branches entremêlées. Enfin, une flamme hésita, sautilla, puis caressa la grosse bûche. Quelques instants après, elle l'avait enlacée et le bois lui cédait avec des craquements vifs. Netra regarda la fumée monter des branches humides. La cloche de l'église sonnait gaiement l'appel à la messe. Onze heures et demie. La nuit était noire et glacée, et le feu semblait une vraie provocation.

Netra était anxieux. Il souhaitait voir les minutes passer à la vitesse d'un éclair, et, en même temps, pouvoir retenir le temps, les aiguilles de l'horloge et cette fumée qui montait, qui montait...

Il regagna la lande, pour aller se tapir à deux pas des pierres. Elles étaient impressionnantes, si froides, si fermées... Elles allaient bouger, et rien dans leur attitude ne l'annonçait. Effrayantes..., elles étaient effrayantes d'immobilité, de dissimulation. Bientôt, elles se mettraient en marche, écrasant tout sur leur passage, indifférentes, impénétrables.

Netra referma sa cape sur son corps glacé. De la lande,

ne voyait pas le feu, c'était un avantage ; mais s'il fallait courir, ce serait un peu loin ! Il fit mentalement le trajet de la pierre au feu, et du feu à la pierre. Il avait longuement calculé l'endroit où il se posterait : il fallait être le plus près possible à la fois de « la » pierre et de la mer, sans pour autant se trouver sur le chemin des menhirs qui se rendaient à la rivière.

Maintenant, il était prêt. Il attendait, tous les sens en éveil. Ne pas se laisser surprendre, c'était vital. Cette fois, Falcosi ne se contenterait pas des spers. Aujourd'hui, il était sûrement prévenu de sa fuite... Le ciel fasse qu'il ne le retrouve pas !

Cela faisait un moment déjà que la demie de onze heures était passée. Et son feu ? Brûlait-il toujours ? Il aurait bien aimé aller y voir, mais c'était imprudent. Il ne pouvait pas risquer d'être absent à l'instant crucial ! Il attendit que la cloche égrène les douze coups de minuit. Par moments, il avait presque l'impression de les avoir entendus. Il guettait... allez... il compterait jusqu'à trois et le premier coup sonnerait..., mais non... rien, rien. Pourvu que le bedeau ne se soit pas endormi ! Après les douze coups, il sonnerait le début de l'office de Noël. Et lui, Netra, où serait-il ?

Le froid l'envahissait de partout. Il n'en pouvait plus. Tous ses muscles le faisaient souffrir... Et le feu... Pour la dixième fois, il se redisait les même choses.

Un sifflement suraigu déchira la nuit.

Une fraction de seconde plus tard, le premier coup de minuit tombait sur la lande. Les pierres tremblèrent, s'arrachèrent à la terre, et, à grands bonds étonnamment légers pour leur poids, elles s'éloignèrent vers la rivière, découvrant sous leur pied des trésors innombrables.

Netra se moquait de l'or et de la richesse : là, sous la première pierre... il était là. Il saisit Antaerus d'une main nerveuse, au moment même où un deuxième sifflement strident couvrait un instant le vacarme des cloches.

Netra courait. Il fallait..., il fallait arriver. Il fallait atteindre la crevasse. Les sifflements jaillissaient de toute part. Calme..., il devait rester calme..., il devait courir de toute la force de ses jambes. Les trois rochers..., il y était..., plus que deux pas... Il ne put les faire. Le regard de Falcosi l'arrêta net. Il était là, debout en face de lui. Les razzaks s'étaient groupés derrière leur maître, le corps moite, la respiration sifflante, se dandinant d'un pied sur l'autre en s'appuyant sur leurs longs bras, prêts à l'attaque, et cette troupe vibrante répandait une sorte de terreur mêlée de répulsion. Tous les yeux étaient braqués sur l'enfant pétrifié.

Netra tournait le dos au feu. Il fixait le sorcier, hypnotisé, sans pouvoir faire le moindre mouvement. Il serrait convulsivement le grimoire contre lui. Ces yeux..., ces yeux..., il les reconnaissait..., oui... Alors, Falcosi leva ses longs bras décharnés vers le ciel, darda son regard sur les nues, et dans un cri terrible, appela la foudre sur le disciple de Neposus.

Mais cette fraction de seconde, où les yeux envoûtants quittèrent Netra, avait suffi. D'un bond musclé, l'enfant avait sauté par-dessus la crevasse, lâchant le grimoire dans le feu, et il était là, le visage agressif, le corps tendu. Un éclair... Falcosi avait réalisé. Il bondit pour rattraper le précieux document. Et la foudre qu'il avait appelée le frappa en plein front. Son regard enflammé transperça Netra jusqu'au cœur, et le sorcier s'effondra dans un cri terrifiant qui fit trembler le ciel et fut répercuté par les hurlements des razzaks en fuite.

L'enfant fut pris d'un tremblement nerveux.

Au fond de la crevasse, un vieux livre finissait de se consumer.

INFORMATIONS Cascade

Ici l'on rit l'on pleure, ici l'on vit l'on meurt à la manière des légendes, gens de terre et gens de mer, et c'est toujours semaine puisque sans cesse on peine....
SAINT POL ROUX

Le rêve, le fantastique, le surnaturel ont toujours séduit les Bretons. Les légendes sont donc nombreuses en pays d'Armor. En voici quelques unes parmi les plus connues.

La Table Ronde
Après la mort du Christ, un de ses disciples quitte la Palestine en emportant dans une coupe quelques gouttes de sang divin. Il débarque en Bretagne et disparaît sans laisser de trace avec la précieuse coupe dans la forêt de Brocéliande. Au 6e siècle, le roi Arthur et ses chevaliers se mettent en quête pour la retrouver. C'est le Saint Graal que seul un guerrier au cœur pur pourra conquérir. Cette quête du Graal a inspiré de nombreux récits au Moyen Age qui constituent le cycle de la Table Ronde.

Merlin et Viviane
Merlin l'enchanteur, un des compagnons du roi Arthur s'est retiré dans la forêt de Brocéliande. Il rencontre la fée Viviane. Leur amour est fort et beau, mais Viviane décide de l'enfermer dans un cercle magique pour être sûre de le garder. Merlin qui pourrait facilement se libérer choisit de vivre cette captivité amoureuse.

Tristan et Iseult

Mark, roi de Cornouaille envoie son neveu Tristan en Irlande pour ramener Iseult qu'il doit épouser. Sur le bateau Tristan et Iseult boivent un philtre d'amour. Une passion plus forte que le devoir les submerge.

Leur histoire a plusieurs dénouements selon les différents récits. Tantôt Tristan est tué par le roi Mark, tantôt il se marie avec Iseult. Mais quelque soit la version Iseult suit toujours Tristan dans la tombe.

Richard Wagner a composé un opéra qui a rendu célèbre ce drame d'amour.

La Ville d'Ys

Au temps du roi Gradlon, vers le 6e siècle, Is est la capitale de la Cornouaille. Sa fille, la belle Dahut, appelée encore Ahès, qui mène une vie de débauche, rencontre le diable, sous la forme d'un séduisant jeune homme. Il lui demande, comme preuve d'amour, d'ouvrir la porte aux flots. Dahut dérobe la clef des écluses pendant le sommeil du roi et bientôt la mer se rue dans la ville. Gradlon fuit, à cheval, sa fille en croupe. Mais les vagues le poursuivent et vont l'engloutir. A ce moment, une voix céleste lui ordonne, s'il veut être sauvé, de jeter à l'eau le démon qu'il porte derrière lui. Le roi obéit, le cœur saignant, et la mer se retire aussitôt. Mais Is est détruite. Quand à Dahut, changée en sirène, elle est devenue Marie-Morgane et entraîne, depuis lors, au fond de la mer les marins que sa beauté attire. Il en sera ainsi jusqu'au Vendredi de la Croix où la messe du rachat sera célébrée dans une église de la cité engloutie. Alors Is ne sera plus maudite et Morgane reprendra sa première forme.

VOYAGE EN BRETAGNE AVEC LES ÉCRIVAINS ET LES POÈTES

Il est un lieu, à l'extrémité de la Gaule, un lieu battu par les flots de l'océan, où l'on entend les plaintes des ombres volant avec un léger bruit. Le peuple de ces côtes voit des fantômes pâles de morts qui passent...

CLAUDIEN

Le printemps, en Bretagne, est plus doux qu'aux environs de Paris, et fleurit trois semaines plus tôt. Les cinq oiseaux qui l'annoncent, l'hirondelle, le loriot, le coucou, la caille et le rossignol arrivent avec des brises qui hébergent dans les golfes de la péninsule armoricaine. La terre se couvre de marguerites, de pensées, de jonquilles, de narcisses, d'hyacinthes, de renoncules, d'anémones, comme les espaces abandonnés qui environnent Saint-Jean-de-Latran et Sainte-Croix-de-Jérusalem à Rome. Des clairières se panachent d'élégantes fougères ; des champs de genêts resplendissent de leurs fleurs qu'on prendrait pour des papillons d'or.

CHATEAUBRIAND

Le plus beau moment pour voir la Bretagne est le mois de septembre ; l'automne commence ; les ormeaux au feuillage velouté, les chênes et les hêtres prennent des teintes plus sombres, et leurs feuilles se nuancent de belles couleurs jaunes et rouges ; les fougères sèches se mêlent aux ajoncs toujours en fleurs et, vers la fin du jour, les grands arbres des montagnes se baignent dans des lointains violets...

GÉRARD DE NERVAL

COLLECTION

Cascade

7 - 8

L'ABOMINABLE GOSSE DES NEIGES
Alain Surget.

AU PAYS DES BANANES ET DU CHOCOLAT
Karin Gündisch.

DRÔLES D'ANNIVERSAIRES
Dian C. Regan.

COMMENT DEVENIR PARFAIT EN TROIS JOURS
Stephen Manes.

LE FILS DES LOUPS
Alain Surget.

UN KIMONO POUR TADAO
Yves-Marie Clément.

OPÉRATION CALEÇON AU CE2
Catherine Missonnier.

PETIT FÉROCE CHAMPION DE LA JUNGLE
Paul Thiès.

PETIT FÉROCE DEVIENDRA GRAND
Paul Thiès.

PETIT FÉROCE EST UN GÉNIE
Paul Thiès.

PETIT FÉROCE N'A PEUR DE RIEN
Paul Thiès.

PETIT FÉROCE S'EN VA-T-EN GUERRE
Paul Thiès.

PETIT FÉROCE VA À L'ÉCOLE
Paul Thiès.

LA PISTE DES CARIBOUS
Annie Paquet.

POMME A DES PÉPINS
Béatrice Rouer.

QUI A VU LE TURLURU
Alain Surget.

LE SERPENT D'ANAÏS
Gabrielle Charbonnet.

SITA ET LA RIVIÈRE
Ruskin Bond.

LA SORCIÈRE EST DANS L'ASCENSEUR
Paul Thiès.

SUPERMAN CONTRE CE2
Catherine Missonnier.

LE TRÉSOR DES DEUX CHOUETTES
Évelyne Brisou-Pellen.

TRUCS À TROQUER
Marie-Noëlle Blin.

VACANCES SORCIÈRES
Catherine Missonnier.

LE VILLAGE DES SINGES
Yves-Marie Clément.

LE VRAI PRINCE THIBAULT
Évelyne Brisou-Pellen.

9 - 10

UNE AMIE GÉNIALE
Sandrine Pernusch.

ATTENTION AUX PUCES
Jean-François Ferrané.

AU BOUT DU CERF-VOLANT
Hélène Montardre.

LES AVENTURES D'UN CHIEN PERDU
Dagmar Galin.

BILLY CROCODILE
Yves-Marie Clément.

CHUT... SECRET DE FAMILLE
Marie Dufeutrel.

CLAIR DE LOUP
Thierry Lenain.

CLASSE DE LUNE
François Sautereau.

LA DOUBLE CHANCE DE JULIETTE
Françoise Elman.

DOUBLE MARTIN CONTRE POISON ROSE
Fanny Joly.

ELSA ET ANTONIO POUR TOUJOURS
Jean-Paul Nozière.

L'ÉTÉ DES CONFIDENCES ET DES CONFITURES
Yves Pinguilly.

EXTRATERRESTRE APPELLE CM1
Catherine Missonnier.

GARE AUX CROCODILES
Jean-François Ferrané.

LE GOUFFRE AUX FANTÔMES
Alain Surget.

LA GUERRE DES POIREAUX
Christian Grenier.

LA GUERRE DE RÉBECCA
Sigrid Heuck.

COLLECTION
Cascade

LES INDIENS DE LA RUE JULES FERRY
François Sautereau.

LE JOURNAL SECRET DE MARINE
Sandrine Pernusch.

LE LÉVRIER DU PHARAON
Roger Judenne.

LE MOUSSE DU BATEAU PERDU
Yvon Mauffret.

MYSTÈRE À CARNAC
Michel-Aimé Baudouy.

MYSTÈRE AU CHOCOLAT
Didier Herlem.

UN MYSTÈRE PRESQUE PARFAIT
Didier Herlem.

LA NUIT DU RENDEZ-VOUS
Hélène Montardre.

PARIS-AFRIQUE
Yves Pinguilly.

LES PASSAGERS DU GOIS
Marie Dufeutrel.

LA PLUS GRANDE LETTRE DU MONDE
Nicole Schneegans.

POUR UN PETIT CHIEN GRIS
Yvon Mauffret.

RENDEZ-VOUS AU ZOO
Corinne Gerson.

LE SECRET DE L'OISEAU BLESSÉ
Betsy Byars.

TONTON ROBERTO
Fanny Joly.

TOUCHE PAS À MON PÈRE
Chantal Cahour.

11 - 12

À CLOCHE CŒUR
Marie-Florence Ehret.

L'ACROBATE DE MINOS
L.N. Lavolle.

UNE AMITIÉ BLEU OUTREMER
Yvon Mauffret.

L'AMOUR K.-O.
Jean-Paul Nozière.

L'ANGE DE MAURA
Lynne Reid Banks.

BONS BAISERS DE CALIFORNIE
Marie-Noëlle Blin.

C'EST LA VIE, LILI
Valérie Dayre.

COMME SUR DES ROULETTES
Malika Ferdjoukh.

COUP DE FOUDRE
Nicole Schneegans.

CYRANO JUNIOR
François Charles.

LES DEUX MOITIÉS DE L'AMITIÉ
Susie Morgenstern.

L'ÉTÉ DE TOUS LES SECRETS
Katherine Paterson.

L'ÉTÉ JONATHAN
Marie Dufeutrel.

LA GRIFFE DU JAGUAR
Yves-Marie Clément.

LE JOUR DU MATCH
Gilberte Niquet.

UN JOUR UN ENFANT NOIR
William H. Armstrong.

LE MYSTÈRE DE LA NUIT DES PIERRES
Évelyne Brisou-Pellen.

PIÈGES EN COULISSE
Pierre Leterrier.

UN PONEY BLANC NEIGE
Anne Eliot Crompton.

LE ROYAUME DE LA RIVIÈRE
Katherine Paterson.

LE SECRET DU GÉNÉRAL X
Jacques Asklund.

SÉRIE NOIRE POUR BABACAR
Michel Girin.

LE TRÉSOR DU MENHIR
Yvon Mauffret.

LA VOIX DU VOLCAN
Évelyne Brisou-Pellen.

LE VOLEUR DE PANDAS
Alain Surget.

L'AUTEUR

Originaire de Bretagne, Evelyne BRISOU-PELLEN vit à Rennes avec sa famille après avoir passé sa petite enfance au Maroc.

Elle poursuit des études de lettres afin de se consacrer à l'enseignement. Mais l'éducation de ses deux garçons puis la découverte et la passion pour l'écriture la détournent d'une carrière de professeur.

Lauréate du Grand Prix de la Jeunesse et des Sports pour PRISONNIERE DES MONGOLS, elle n'en rencontre pas moins beaucoup d'enfants et d'adolescents dans les classes qui sont ses lecteurs fidèles au lieu d'être ses élèves !

L'ILLUSTRATRICE

Nathaële VOGEL est née en Alsace puis a vécu jusqu'à l'âge de 20 ans à Boulogne-sur-Mer. Elle y a découvert et apprécié la mer et les longues balades sans but sur les falaises.

Dès l'école maternelle, elle prévient ses parents que le dessin sera son métier. Elle a tenu parole envers et contre tout et tous. Après avoir fini ses études aux Beaux Arts de Tourcoing, elle s'installe à Paris et y dessine...

Achevé d'imprimer en mai 1994
sur les presses de Maury-Eurolivres S.A.
45300 Manchecourt
Dépôt légal : mai 1994
N° d'édition : 2451
N° d'imprimeur : E94/F 4035